岩　波　現　代　文　庫

ドストエフスキーとの旅

遍歴する魂の記録

亀山郁夫
Ikuo Kameyama

文芸 340

岩波書店

プロローグ

東京・成田発SU584便「フョードル・ドストエフスキー号」――。

明日に迫ったモスクワでの講演にそなえて、暗くなった機内でも休まず原稿に手を加えつづけていた。講演では、何よりも肩の力をぬき、自由に逸脱をかさねる話し方が似合っていることは自分にもわかっていた。だが、モスクワの聴衆を相手に、文豪ドストエフスキーを語るとなるとおのずから勝手がちがった。暗闇のなかに光る白いモニター画面をにらみ、バッテリーの残り時間と競いながら、きりなく修正の作業をつづける。さいわい、語りだしの一行だけは、驚くほどすんなり決まった。

「わたしは、昨日、ドストエフスキー号に乗ってモスクワ入りしました。みなさんはきっとミヒャエル・エンデ原作の映画『ネバー・エンディング・ストーリー』をご存じでしょう。わたしはいま、あの、幸せの白い竜にまたがった少年のように……」

だが、この語りだしのどこかに、嘘くさく演技する自分がひそんでいるのを意識した。なぜなら、このときわたしは、自分でもおよそコントロールしがたい不安定な気分にあって、なにかしら奇妙な高ぶりと、間歇的《かんけってき》に襲ってくる得体の知れない鬱《うつ》に苦しめられていたからだ。

たしかに過去一年、ある特別な力の働きかけを受けているという漠とした錯覚に支配されて生きてきた。その「特別な力」の由来は、翻訳した『カラマーゾフの兄弟』のベストセラー化と、その後に起こった一連の「事件」にあった。成田を発つ数日前にも、ロシア大使館の広報担当から電話があり、本国のロシア政府が何がしかの「顕彰」を用意しているようです、と告げてきた。そんな折、モスクワ入りするSU便の機体に「フョードル・ドストエフスキー」の名が刻まれているのを見て、さすがのわたしも何かしら妖しい驚きに打たれた。

離陸から半時間が経ち、ベルト着用のサインが消えると、わたしはふたたび不安にかられ、あたふたとPCを取り出しにかかった。これも一種の「高所恐怖症」だったのかもしれない……。

では、何がそれほどにも憂鬱だったのか。いまのわたしにははっきりとその理由が見える。

第一の理由は、遠い過去の記憶にあった。それについてはいずれくわしく語る時が来ると思うので、いまはあえて触れないでおく。

第二の理由、それは、デフォルト(債務不履行)後のロシアにあった。一九九〇年代の終わり、親しい友人がこう口にしていたのを覚えている。「ロシア人を名乗ることが恥ずかしい」。それから十年、悪夢のようなトンネルをようやくくぐり抜け、奇跡ともいえる「再生」を迎えたロシアの顔つきがちがっていた。それはわたしが長く恐れてきた強面《こわもて》のロシアだった。ロシア文学とはじめて出あってから半世紀近くあたため続けてきた恋はこれで終わったと感じた。

そして最後の理由、それはいまわたしの住む東京にあった。「アイデンティティ・クライシス」という言葉を思いついたのは、いつのことだったろうか。自分が自分でないような感覚、自分が「逸脱」しているのではないかという不安……。いつ、どこにあっても、歯切れの悪い弁解を並べたてている自分に気づく。

「自分の人生のささやかな思い出のために翻訳にたずさわっただけです」

どのような喜びにも、終わりがある。悲しいことに、いや、予期したとおり、二年以上におよんだドストエフスキーとの「蜜月《みつげつ》」の終わりに、無残としかいいようのない「リバウンド」が待っていた。典型的な燃えつき症候群――。

フョードル・ドストエフスキー号がシェレメチエヴォ空港に着陸し、座席後方から小さな拍手が起こったときも、小雨ですべるタラップを降り、新型の送迎バスの後部シートに浅く腰を下ろしたときも、わたしはつぶやき続けていた。何かがちがう。何かがまちがっている。ここにいるのは、ほんとうのわたしではない、と。

目　次

V　ウリヤノフスク事件

VI　カタストロフィ

X　新たな旅立ち

I
「父殺し」の起源

アイデンティティ・クライシス　二〇〇八年十月、モスクワ

金曜日の午後五時、真冬を思わせる寒さだというのに暖房がストップしている。何ということか。風邪ぎみのわたしはパニックに陥った。コートを着たまま講演するというのは、初めての体験だった。幸い、声はまだしっかりしていた。本論に入るまえに、わたしはある「事実」を修正することからはじめた……。

いまでも正確に思いだすことができる。わたしが慢性的な「アイデンティティ・クライシス」に陥る最初のきっかけは、一年前の十一月に起こった。『カラマーゾフの兄弟』の評判を聞きつけたロシア国営テレビとN通信社による共同の取材が入り、型どおりのインタビューが進むうちに、話題はいつしか、『カラマーゾフの兄弟』の「続編」に移っていった。

ここで少し説明を施しておくと、ドストエフスキー最後の小説『カラマーゾフの兄弟』はじつは未完の小説で、今日わたしたちが手にできるのはその前半部、つまり

「第一の小説」である。作者はこの前半部を完成した後すみやかにこの世を去り、「続編」すなわち「第二の小説」はいっさい手つかずのまま終わった。

翻訳も終わり近くにきて、この「続編」のヒントとなる細かいディテールが、小説の後半部に集中的にちりばめられているのをわたしは発見した。そこで、最終巻の翻訳を終えるやただちにその再構成に取りかかった。地中のわずかな骨から大恐竜の復元を試みるにも似たかなりの荒業だったが、二人の記者は待っていましたとばかりにこの話題に飛びついてきた。

数日後、ロシア国営テレビのニュースは、日本の「学者」が、『カラマーゾフの兄弟』の「続編」を完成させ、それが五十万部の売れ行きを見せていると報じた。常識的には考えられない誤報だった。原因は、記事に面白みを加えようとしたN通信社の記者のささやかな言葉遣いにあった。カッコ書きされた「書き上げる」という動詞をモスクワのテレビ局のスタッフは、強調と受けとった。翌日、モスクワから早速、国際電話による取材が入り、わたしは茫然自失に陥った。

この電話取材の際に経験した強烈なめまいが、憂鬱の「発症」をうながしたのではないか、といまも疑っている。その後、数日間、いくえにも裂かれた自分の体が、ロシアの空を浮遊しているような感覚を味わいつづけた。モスクワの講演会では、まずその「事実」の修正を行ったのである……。

その日、寒さに震える約百二十名の愛すべき「生贄《いけにえ》」たちを前に、わたしははじめに、一ロシア文学者としての歩みを偽りなく語った。講演の原稿がまさにそのような形に作られていたのだ。前日、モスクワ行きの機内で感じていた憂鬱とうらはらに、用意した原稿は、恐ろしいほどの躁《そう》状態を映し出していることがわかった。

二時間に及ぶ講演で、わたしが語ろうとしたのは、「根源を隠しつづける作家」としてのドストエフスキー像である。その「根源」の意味については改めてふれることになるので、いまは周辺的な部分のみを記しておきたい。

そもそも、その「根源」を隠しつづけようとする理由、あるいはその正体とは何であったのか？　端的にいってそれは、過去十五年、スターリン時代に生きた知識人を研究するなかで、わたし自身その意味を問いつづけてきた「二枚舌」である。

ドストエフスキーほどの大作家を語るのに、「二枚舌」そのものは、けっして誉められるべき行為ではない。『広辞苑』には、「前後の矛盾したことを言うこと。嘘を言うこと」とある。ただしわたしのイメージした「二枚舌」はこの定義とも大きく離れ、一言でいって、文字通り、舌が二枚ある状態をさしていた。

スターリン時代の文化に長く親しんでいるうち、わたしは相当に疑い深い人間になってしまったらしい。わたし自身、その疑い深さが、作家たちを監視のふるいにかける独裁者や検閲官の下賤《げせん》な目といつのまにか似てくるのを感じないわけにはいかなかった。わたしは悲しいことに、愛するドストエフスキーの小説ばかりか、その人となりをも疑いの目にかけることになったのだ。

「誕生」の瞬間

二〇〇七年二月、モスクワ

モスクワでの講演でわたしは、ドストエフスキーの内面に刻まれた「根源」の意味について語った。作家にとって「根源」とは何か。なぜ、それを隠さねばならなかったのか。

ご存じの方も少なくないと思う。作家の過去には、「父殺し」をめぐるある重大な秘密が隠されている。むろん、彼がじかに「父殺し」に加担したわけではない。ただ、こうしたあいまいかつ微妙な表現にたよるしかない何かが、十八歳のドストエフスキーの心のなかに生じたのだ。

ここは事実を記すだけに留めたい。一八三九年六月、ドストエフスキーの父ミハイルは、自分の領地チェルマシニャー村で農奴たちによって惨殺された。事件の背景には、強度のアルコール依存症を病み、日頃から残虐な仕打ちを重ねてきた領主に対する長年の恨みがあった。当時、ペテルブルグの工兵学校に在学中の彼は、この知らせを受けて激しいヒステリー発作に見舞われたとされる。その病因が具体的に何であったか、いまもって正確にはわからないが、作家がそれを、みずからの宿病である「癲《てん》癇《かん》」の最初の発作とみなしていたことだけはまちがいない。

さて、ここでとくにわたしの興味を惹くのは、作家自身、この事実について、死ぬまで口を緘《かん》して人には漏らさなかったらしいこと、そして最晩年になり、突然、『カラマーゾフの兄弟』の執筆を思い立った彼が、「父殺し」の主題をその小説の中心にすえたことである。このあたりの複雑な経緯を理解するには、当時、彼が、「父殺し」の事実にどこまで深く通じていたか知る必要がある、とかねがね主張してきた。

二〇〇七年の冬、NHKの取材でモスクワを訪れたわたしは、トヴェルスカヤ通りの一角にあるソルジェニーツィン財団の建物で高名なドストエフスキー研究者と顔を合わせた。『悪霊《あくりょう》』研究で知られるリュドミラ・サラスキナ女史だった。まわりで慌《あわ》ただしく撮影のセッティングが行われるなか、わたしは日頃いだいていた疑問を素直にぶつけてみることにした。

1　彼は、ソフォクレス『オイディプス』を読んでいたか？

2　父の死について秘密を守りつづけた理由とは何か？

サラスキナさんの答えは明快だった。

「父殺しを主題にした『オイディプス』を、彼は、十代の終わりまでには読んでいました。父親の死の秘密を守りつづけたのは、一族の女性たちが、お嫁に行けなくなるのを恐れたためです。領主殺しはそれほど恐ろしい意味をもっていたのです」

端的に言うなら、ドストエフスキーはすべての事情を知りつくしていた。そのうえで、『カラマーゾフの兄弟』の執筆に向かったということだ。ただ、二つめの問いに対する女史の答えには、正直なところどこか飽き足らないものを感じた。一族の女性たちの将来を守りぬくことはむろん心しなくてはならない。しかし、問題は果たしてそれだけであったのだろうか。

結論を急ごう。

二十代の後半、ユートピア社会主義の活動に加わったドストエフスキーは、秘密警察の摘発を受けて逮捕され、死刑宣告を下されたのち恩赦となって、総計九年間のシベリア流刑《るけい》を経験した。そしてこの流刑中に、彼の心に「転向」が生じたというのがこれまでの定説である。しかしわたしはそうした直線的な説明が何としても腑《ふ》に落ちず、自分なりにこう想像してきた。首都に帰った後もたえず秘密警察に監視されつづけていた彼は、むしろ「転向」を演技するため、否応《いやおう》なく「二枚舌」を使わざるをえない立場にあったのではないか、と。しかもそれは、たんに余分な嫌疑を逃れるためというより、みずからの「根源」を隠しつづけるために……まさに戦いだったのである。

これでほぼご理解いただけたと思う。ドストエフスキーの「根源」とは、ほかでもない、「父殺し」である。厳しく、抑圧的だった父の死は、作家自身の心に渦巻く抽象的かつ政治的レベルでの「父殺し」の願望と深く絡みあっていた。そして晩年に彼は、みずからが四十年間近く隠しつづけてきた「根源」が、じつはすべての人間が抱えもつ恥部＝原罪であり、なおかつ普遍的なドラマであるという発見に立ちいたった。そしてそのドラマを、より壮大な歴史的スケールで再現できるという自信が生まれたときこそ、『カラマーゾフの兄弟』誕生の瞬間だったのである。

「根源」という糸　二〇〇一年九月、ザライスク

ドストエフスキーの「父殺し」をめぐる本を書きたいと念じながら、何としても最初の一行を書きあぐねていたわたしは、事態の打開をはかって成田を飛びたった。目的地は、モスクワの南東約百七十キロ、作家の父親が晩年に過ごしたダロヴォーエとチェルマシニャーの二つの村、まさに「父殺し」の現場である。しかしじつのところ、この旅には、もう一つ楽しみがあった。目的地に向かう街道筋に、ザライスクという、これまた作家にゆかりの町がある……。

ロシア人が慈しみを込めて「女の夏」と呼ぶ九月の初旬、モスクワ市内のハイヤー会社に電話し、ガソリン代込みで二百ドルという破格の約束を取りつけた。午前十時、Yホテル前を出た車は途中渋滞にあい、ザライスクの町に着いたときはすでに午後一時を回っていた。わたしは急いで町の郷土史博物館を訪ね、モスクワで紹介された案内役の女性を探した。

ではなぜ、ザライスクの町にこだわったのか？

周知のように、『罪と罰』の舞台は、帝政ロシア時代の首都ペテルブルグである。ところが主人公の苦学生ラスコーリニコフの故郷が、じつはこのザライスクの町に設定され、物語全体がこれら二つのトポスすなわちペテルブルグとザライスクの対立という構図をはらみつつ展開していく。要するに主人公の青年は、首都からはるかに遠い地方出身の学生だったのだ。小説中、彼の故郷が固有名詞で触れられることはなく、たんに「R県」と記されるだけだが、同じ文のなかに、このR県の町には「大寺院」がある、というヒントが用意され、具体的にどこの町かがわかる仕組みである。

余談だが、『罪と罰』の読者が一読して驚くのは、K橋、S横町、V通りといった、イニシャルだけで記された地名が異常に多いことである。小説全体がどこか場所当てクイズのような趣すら漂わせている。読者もつい好奇心にかられ、宝探しの気分で小説を読み進めることになる。そうした読み方を、邪道、と考える向きも少なくないはずだが、話はそうは簡単に片づかない。なぜなら、作家自身が、まさにその謎解きを読者に迫っているとみえるからだ。むしろ、謎めいたイニシャルの森に、たとえば主人公の隠された出自を探りあてることが、小説をより深く理解するために不可欠であり、それはおのずから、作家が隠しつづける「根源」の意味を探る作業にも通じるはず、とわたしは信じている。

答えを先に述べよう。

R県つまりリャザン県で当時「大寺院」のあった町はこのザライスク一つ。

さて、次の目的地ダロヴォーエは、この町から車で三十分とかからない地点にあった。ドストエフスキー家の屋敷は、うっとうしいほど野放図に枝を広げた樫《かし》の木立のなかにひっそりと建っていた。少年フョードルが兄弟たちと丸裸になって「野蛮人遊び」に興じる姿が目に浮かぶようだった。

だが、広間に入り、ザライスクの遠景を描いたタペストリーに眺めいるうち、わたしは複雑な気分にはまりこんでいった。伝記によると、父のミハイルは、地主として移り住んだこの屋敷で、雇い入れた農奴の娘にさまざまな悪事を重ねたとされている。そのあられもない現場を、少年フョードルがたまたま目撃することはなかったのだろうか……。

おもしろいことに、ダロヴォーエのこの屋敷には、父ミハイルの死から二十五年を経て、別の一家が住みつくことになった。ほかでもない、『罪と罰』の悪の主人公スヴィドリガイロフの一家である。小説には、事実と物語のディテールの一致を裏づけるヒントがいくつか示されている。そのうちの一つが、「R県」にあるラスコーリニコフの家とこの屋敷の距離に関する「まる十七キロ」という一言。なんとこの数字は、ザライスクとダロヴォーエ間の距離にぴたり一致している。

ここまで読み解いていくと、『罪と罰』には、どこか作家の自伝的な影が深くきざしているのを感じないわけにはいかなくなる。もしかすると作家はこの『罪と罰』に、堕落した父を告発するねらいを込めていたのではないか。しかし、だとするなら、ペテルブルグに出てきた好色漢スヴィドリガイロフが、青年ラスコーリニコフに向かって吐きかけるあの一言「同じ畑のイチゴ」は何を意味することになるのか。これを、「同じ穴のむじな」と訳すことは可能だろうか。二人を結ぶ〈根源〉という糸――。

シャーマンの声

二〇〇一年九月、チェルマシニャー

柔らかな午後の光に被われたこの村が、ドストエフスキー文学の原点、いや、「根源」の地であることを知る人は多くない。

この村を訪れるまで、わたしには少なからず不安があった。村人たちははたして日本から来た見ず知らずのわたしを受け入れてくれるだろうか。作家自身が最晩年まで隠しつづけた土地に住み、作家と何がしかの秘密を共有するということ、それはこの村の住人たちにとって名誉なことなのか、どうか、と。

ガイドを引き受けてくれた博物館の女性タチヤーナは、そんな不安を軽く笑いとばし、庭先で畑仕事をする中年の村人に気安く声をかけた。すると村人は、驚きの色など少しもみせず、道をへだてた斜向かいの家を指さした。この村ではどうやら、ドストエフスキーはいまもなお昔なじみの隣人らしかった。わたしはほっと胸を撫でおろした。

ピョートル・メリホフ――。玄関から出てきた老人は、白いヤニをいっぱいにためた両目を宙に泳がせながら、十月革命時、ドストエフスキー家の子孫からロシア語の読み書きを習ったことを誇らしげに語った。それから少し間をおいて、百六十年余り前にこの村で起こった「父殺し」の事件を物語りはじめた。

「わしが聞いた話はこうだ。殺しを企てたのは、チェルマシニャーに住む農奴たちで、合計三人。主人が楡《にれ》の木のそばまで来たとき、いっせいに襲いかかった。証拠が残るのを恐れたのか、殴ったりはしなかったから、外傷はなかった。三人は、ウオッカを一瓶用意しておき、それを主人の口に流し込んで布切れを詰めこんだ……」

話の中身がごく一般の伝記に書かれているのとほとんど変わりないのに、一瞬唖然としたが、老人の、いかにも自信たっぷりな声に聞き入るうちに、ふと時間の感覚を失った。それはあたかも巫女の声にじかに耳を傾けるようなふしぎな体験だった。

「その楡の木ってどこです？」

「それがもうなくなった。戦後すぐ、このあたりの森がぜんぶ伐採されちまって、その時、楡の木も伐りとられてしまった」

メリホフ老人の娘さんの道案内にしたがい、わたしとタチヤーナは、かつて楡の木があった場所に向かってそぞろに歩きはじめた。

「父殺し」の現場は、ほんとうに何の変哲もない、ただの雑草地だった。静かな風音に耳を澄ましていると、映画のフラッシュバックさながら、「かかれ！」という農奴たちのかけ声まで聞こえてくるようだった。

わたしは空想していた。村外れにあたるこの場所で、われらが領主に襲いかかった農奴たちの怒りとはどんなものだったか。貧しいながらも、神の恵みを感じ、自足して生きる人々――そんなものは幻想にすぎないのか。そして作家は、「父殺し」の犯人たちを心から憎むことができたのか。

その時、わたしはふと何かしら特権的ともいうべき場所に立っている自分を意識した。「父殺し」の現場に立って、「父死す」の知らせに呆然とする青年ドストエフスキーを想像する、という……。

青年が、そのときペテルブルグで経験したヒステリーの発作は、やがて「癲癇」として意味づけられ、土地の管理を引きついだ親戚からの仕送りを、ひと晩で使い果たしてしまうといった狂気の日々がはじまる。ドストエフスキーのそうした「狂気」に、みずからの「オイディプス・コンプレックス」理論を重ね、かつて父の死を願望した自分に対する自罰行為ととらえたのが、精神分析学者フロイトだった。

何はともあれ、ドストエフスキーは、この事件以来、四十年間この村を訪れることはなかった。そしてついに時が来て、『カラマーゾフの兄弟』の構想が熟しはじめたとき、彼は再びこのチェルマシニャーを訪れ、小説のなかにその実名まで取り入れることを決意する。

『カラマーゾフの兄弟』とは、まさに彼が十八歳の年に経験した父の死から四十年間にわたる魂の遍歴の記録でもあった。

「黙過」と「憐憫癖」

二〇〇九年一月、東京

有史以来、人間のもつ認識の力は日々進化し、その地平は宇宙的な次元にまで拡張しつつある、しかしそれでもなお未知のエリアを探り、「よりよき地球共同体」の創造に役立てる――。

そんな勇ましい趣旨を盛り込んだ国際シンポジウムに、パネリストの一人として招かれた。わたしに与えられたのは、文学という経験の場において「認識」の拡張はどこまで可能か、という課題である。もともと議論が不得手なわたしは、力不足を十二分に感じながら、『黙過』の起源――ドストエフスキーと父殺し」と題する短い報告をおこなった。

シンポジウム全体は、ぜんぶで六本の報告からなり、わたしが任された文学のほか、インド哲学、仏教学、シャーマニズム、精神分析学、脳科学にまたがる第一線の専門家が思い思いに報告をおこなった。

高名な脳科学者による最後の報告が終わったとき、時計は五時を回っていた。総合討論に残された時間はわずかしかなく、わたしがこの討論のために用意しておいた「隠し球」をうまく披露できるかどうか心配になった。その「隠し球」の内容については、次回くわしくお話しするが、そもそもなぜ、「黙過」という一般には聞きなれないテーマを選んだか、かんたんに説明しておく。まずは言葉の定義から——。

「知っていながら黙って見逃すこと」(『大辞林』)

自分で言うのも変だが、幼い時分からわたしは、「憐憫癖《れんびんへき》」とでもよぶべき奇妙な習性を病《や》んできた。要するに、何であれ他人が悩んだり苦しんでいるのを座視できない性質だったのだ。仲間に苛《いじ》められている子どもを見れば、身を挺して守ろうとしたし、勉強が追いつかない同級生には、放課後遅くまで算数を教えてやった。憐憫癖はその後も長く続いたが、大学の三年次にドストエフスキーの小説を読んで憐憫に対する見方が変わった。というか、憐憫癖そのものに何かしら大きな矛盾が隠されていることに気づいたのだ。憐憫など、所詮、善意の仮面をかぶった傲慢にすぎず、世の中には他人の苦しみを鼻でせせら笑っている人間がごまんといる……。

ご記憶の方も少なくないと思う。ドストエフスキーの小説『悪霊』の主人公は、みずから凌辱《りょうじょく》した少女がいま同じアパート内にある物置で自殺しようとしているのを知りながら、ちらりとその後姿を見るだけで、しばし時をやり過ごしてしまう。やむにやまれぬ理由からではない。自分の意志をその極限において試そうという傲慢な野心にかられたのだ。やがて彼は、足をしのばせて物置の前の廊下に立ち、薄闇にぶら下がる少女の縊死体《いしたい》を覗きこむ……。

どうしようもなく恐ろしかった、悪魔とはこういう人間を言うのだ、と思った。ところが、作家は、この悪魔を、見るもおぞましいマゾヒストに仕立てあげていた。いったいどういうことか？ みずからが受ける苦しみを喜ぶ悪魔とは？

かつてドイツの作家シラーやフランスの社会主義者フーリエに傾倒し、博愛主義やら新しい共同体の夢に身をこがしてきたドストエフスキーに何かが起こった。そう、彼は、人間の恐るべき本性に目ざめてしまった。すなわち、この世に苦しみを喜びと感じる人間が存在する、それがまさに自分であるなら、これ以上他人を憐れむことに意味はない、と。

わたしはひそかに空想する。そんな作家の過去にも、わたしと同じような「憐憫癖」の一時期があって、どこかの段階でその無力さと傲慢さに気づいたのではないか。そしてその瞬間、彼の文学に「コペルニクス的」とでもいうべき認識の転換が起こったにちがいない、と。彼の文学は、まさにそこを起点として、逆に、病的なほど「ひとり」であることにこだわる人間たちの生命の営みに目を注ぎはじめた……。

「よりよき地球共同体」を模索するシンポジウムの会場で、ドストエフスキーの偏執的な自己へのこだわりについて語るうち、わたしだけがひとり汚れた反逆者であるかのような罪悪感にとらわれはじめていた。

無意識の回廊

二〇〇九年一月、東京

この国際シンポジウムには、精神科医として知られる新宮一成《しんぐうかずしげ》氏がパネリストの一人に加わっていた。彼は、「夢語りが神話を作る」と題し、長い年月をかけて蓄積されてきた人々の「夢語り」が、民族の神話形成にも影響を及ぼしてきた、だから個人が見る夢には逆に神話の痕跡が窺えるとし、実際にこれまで診療にあたった患者たちの夢を例示しながら、イザナミ、イザナギ神話との類縁性を明らかにして見せた。フロアの聴衆の反応は上々だった。

それに対し、ドストエフスキーの「父殺し」に関するわたしの報告は、いかにも論点が曖昧で、わたし自身、最後まで場違いな印象を逃れられなかった。ただ、そうした状況はある程度予期もできたので、あらかじめ「隠し球」を用意し、一般の参加者を少し驚かせてやるのも一興だろう、と考えた。隠し球とはほかでもない。最後のディスカッションの席で、二年前に見た夢を「告白」し、新宮さんにその分析をお願いするのである。そして当日、わたしは、予定通り「夢語り」を実行しはじめた……。

深夜、喉の渇きを覚えて眠りからさめる。何かスポーツドリンクを口にしたいと思うが、台所の冷蔵庫は空だ。仕方なく水道の蛇口に手を伸ばしたところで、隣室にもう一つ小型の冷蔵庫があることを思いだした。そこで隣室に入り冷蔵庫を開けると、赤紫、深緑、黄の三本のポリタンクが縦に収められている。そのうち赤紫の一本を取りだして口につけると、腐った嫌なにおいがした。その瞬間、その液体は、わたしが何十年も前に殺した人間の血であることを思いだした。だが、夢の中のわたしには、それがだれの血なのかわからない。しかしともかくも証拠隠滅をはからねばと思い、三本のポリタンクの中身を慌てて窓からばらまく。するとふいに障子が開き、母が顔を出した。

「ああ、それね、母さんも飲んでみたけど、腐っていたよ」

二〇〇七年十月に見た夢である。目覚めるまでのつかのまの時間に、わたしは、過去に人殺しの経験などない自分が、夢の中ではなぜかその記憶を持ちつづけていることに気づいた。そこで自分なりに仮説を立てることにした。

十四歳の夏、わたしは父が子どもたちのために買いそろえてくれた中央公論社版「世界の文学」の一冊を手にし、夢中になって読みとおした。池田健太郎訳の『罪と罰』だった。第一部の終わり、主人公の青年が金貸し老女を殺す場面に、何かしら性的といってよい猛烈な興奮を覚え、その青年に完全にシンクロした。赤い表紙が、血の色に見えたほどだった。仮説とは、つまり、このときの経験が無意識を深くえぐり、現実の殺人の経験としてすり替わったのではないか。ポリタンクの血は、『罪と罰』で殺された老女の血であり、わたしの記憶は、小説が書かれた一八六六年に通じる無意識の回廊を持っているのではないか、というものだった。

新宮さんは、わたしの「夢語り」に謝意を表して下さったあと、物静かな口調でこう断じた。

「腐った血を口にするという行為にシンボリカルに示されているのは、『父殺し』です」

衝撃的なひと言だった。その瞬間、わたしのなかで、『罪と罰』と『カラマーゾフの兄弟』の二つの小説が一つの大きな物語に融解していくような感覚にとらわれた。わたしの無意識は、早くからこの二つの小説を繋ぐ環の存在に気づき、夢がそれとなくその秘密を明かしてくれたのかもしれない。

では、『罪と罰』における父とはだれなのか？

作家は、『罪と罰』の主人公に深く子としての自分を投影しつつ、彼を「同じ畑のイチゴ」と呼ぶ好色漢スヴィドリガイロフに父親を二重写しにしていた。そしてその彼の屋敷を作家の父ミハイルの領地に重ねあわせたのも、そうした内的ドラマをしのび込ませるためではなかったか。その意味で、『罪と罰』もまた、『カラマーゾフの兄弟』におとらずおそろしく深いレベルで自伝的な意味をはらんでいたのだ。

帰り道、恵比寿駅への道を急ぎながら、わたしはふと、新宮さんに言い忘れた言葉があったことを思いだした。

「わたしが『罪と罰』を読みはじめたのは、実は、抑圧的な父を驚かしてやりたいという子どもっぽい野心からだったんです」

「出会い」の原点

一九六三年八月、宇都宮

書かずにはいられない。

中学三年の夏休み、『罪と罰』第一部を読み終えた翌朝のことだ。午前十時からはじまるブラスバンド部の練習のために家を出ようとしたところで、思わず自転車のペダルを漕ぐのをやめた。逮捕されるかもしれないという恐怖が襲ってきたのだ。とっさに門の両側に目を走らせ、警官が張り込んでいないのを確かめて、ほっと胸を撫でおろした。

《ぼくは、ラスコーリニコフじゃない……》

前夜、わたしは、同室の兄の機嫌を慮《おもんぱか》って、掛布団の下に懐中電灯を持ちこみ、第一部のクライマックス場面を読み終えたばかりだった。例の、金貸し老女が殺される場面である。

恍惚と恐怖に満ちたひと時が去ると、わたしは途方にくれた。残りの数百ページに何が書いてあるのか、これ以上、何を書くことがあるのか、と。

だが、恍惚と恐怖の圧倒的な興奮ののちに押し寄せてきた孤独の感覚がふたたび読書に拍車をかけてくれた。主人公にシンクロしたわたしは、自分が置かれている状況の救いのなさに絶望しながら、ペテルブルグの裏町をさまよいつづけた。十代半ばに達しない子どもにも、「大地」の、つまり人類の見えざる輪から切り離されることの何たるかが理解できた。主人公が「快楽と幸福に満たされながら」口づけするセンナヤ広場の土埃《つちぼこり》の匂いも経験できた。そのときわたしは、罪を犯すことの恐怖を、何かしら神の啓示にも近いものとして経験していたのだ。

もしかすると『罪と罰』の読書をめぐる一連の体験は、だれにも知られることなく、永遠に封印されたままだったかもしれない。ところが、ふとしたことがきっかけで、再びそのときの生々しい感触が甦ってきた。水底の澱《おり》のように深く淀んでいた記憶を一気に目覚めさせてくれたのは、古い友人からの二通の手紙だった。

二〇〇七年十月、折からの『カラマーゾフの兄弟』ブームに乗じて、『二十一世紀のドストエフスキー』と題する特集番組がオンエアされた。数日後、番組を見た幼なじみの友人E君から一通の葉書が届けられた。その一部を次に引用する。

「郁夫さんが中学三年の時、ブラスバンドの練習が終わって帰る際に、ドストエフスキーの『罪と罰』を読んだ感想を興奮気味に話していた事を思い出しました。受験に際して進路を決める時にも、ドストエフスキーの影響が強かったと記憶します」

そして二〇〇八年二月、宇都宮市で開かれたある講演会で、わたしはふたたびこの『罪と罰』体験にふれ、その数カ月前に見た夢と、その夢についての自分なりの「仮説」を披露した。その夢とは、それから約一年後、東京・恵比寿での国際シンポジウムで精神科医新宮一成さんに夢判断を仰ぐことになる例の「腐った血を飲む夢」である。会場には、先ほどのE君も来ていて、数日後、その彼から新たに手紙が届けられた。

「講演のなかで気になった『夢の起源としての血』ですが、郁夫さんは、本で読んだ『罪と罰』のなかのラスコーリニコフの手についた血なのに、まるで自分の手についた血のように拭《ぬぐ》っても拭っても拭いきれないと気にしていましたね」

わたしにその記憶はなかった。

そして手紙の後半には、わたしにとってまったく思いがけない「事実」まで記されていた。

「でも、中学の卒業近くになってあなたが書いた『赤い仔馬』のなかで、弓矢に傷ついた仔馬が夕日に染まって清められたとき、郁夫さんの心に染《し》みついた血も清められたものと思っていました。いまもあの血の感触が姿を変えて残っていて夢の中に現れてくるとは……」

「赤い仔馬」――、記憶が生きものであることを実感した一瞬だった。わたしは確かに、四十五年前、M石油会社が募集した童話コンクールに「赤い仔馬」と題する童話を応募したことがある。しかしあきれたことに、落選したその童話についてわたし自身は、E君の手紙にある「夕日」の場面のほか何ひとつ覚えていなかった。

もうひとつの親殺し

一九五七年二月、宇都宮

幼年時代のドストエフスキーは、一種の「ヒステリー」症を病む、癇《かん》の強い少年だったらしい。症状が高じると、失声状態に陥ることもあった。暗闇を恐れ、狼を恐がり、生きながら埋葬されるという恐怖も味わった。

そんなドストエフスキーの臆病ぶり、怖がりなところが、作家への共感を育む要因となったのだろうか。わたし自身、ハエが一匹飛んでいればトイレに入れず、時おり「青大将」があいさつに顔を出す父の実家に行くのをひどく嫌がった。

思い返してみると、少年時代のわたしが、深刻に悩みつづけた恐怖が二つある。

一つは、聴覚を失う恐怖——。

栄養のバランスもあったのか、何かのきっかけに急に耳に水が入ったような感じになって、人の声がよく聞こえなくなり、自分の声ばかりが頭の中にがんがんひびきわたるのだ。大好きなベートーヴェンの伝記を読みすぎたことが原因だったとも思えない。日頃、聴覚を失うという不安に苛まれ、「第九」を書いたベートーヴェンに憧れを抱きつづけた。

二つめが、発狂の恐怖——。

今も目に浮かぶようだ。小学二年の冬、半年ほど前に田舎から引き取られてきた病身の祖父に母がつきっきりとなって、末っ子のわたしはまるで顧みられない存在になった。ある朝早く、姉に起こされて奥の座敷に行くと、祖父の傍に座っていた医師が「ご臨終です」という。「ご臨終」の意味も分からないまま、機械的に祖父の額に右手を置いた。生温かいながら、ずっしりした死の重さが感じられた。ところがその時、何かしら化けものじみた笑いが腹の底からこみあげてくるのを感じた。言葉にできない奇妙な非現実感。わたしはとっさに顔をおおい、障子を開けて廊下に出た。そしてそのまま玄関から門の外に駆け出すと、周囲にだれも人がいないのを確かめて笑えるだけ笑った。

このときの記憶が、わたしの少年時代を暗く支配しつづけた。後に、これを一種の「父殺し」になぞらえ、母の愛情を奪いとった祖父への復讐と考えたこともある。実際、祖父が死ぬと、家のなかが急に明るくなったように感じた。だが、幼い理性は、そんな「醜い」自分にあらがいつづけていた。肉親の臨終の席で笑うなど決して許されることではなく、これこそ自分がいつか発狂する前触れではないか、と。

だが、祖父が死んでも、母との触れあいの時は訪れなかった。やがて母への愛情を阻害する存在として父を敵視するようになった。子ども心に、父のいない家庭にどんなに憧れたことか。

ドストエフスキー初期の小説『ネートチカ・ネズワーノワ』との出会いは、その意味であまりに衝撃的なものとなった。

舞台はペテルブルグ。八歳の少女ネートチカは、病弱な母と傲慢なヴァイオリニストの継父の三人で、屋根裏部屋に暮らしている。音楽家として大成できないのは、「悪妻」のせい、と吹聴する継父に、少女はつよい愛情を感じている（「母が死んだら、わたしたちはもうこんな屋根裏には暮らさない。お父さんはどこかへ連れていってくれるにちがいない。わたしたち二人とも、お金持ちで幸福になるのだ」）。

ある日、ペテルブルグを訪れてきた高名な音楽家の演奏に接した継父は、自分の無能さに絶望し、妻の突然死にも見舞われて精神錯乱の末に死ぬ。

残酷な、いや、奇妙なというしかない物語である。実の「母の死」を切望する娘の心のうちが何とも痛ましい。小説の執筆にあたって作家は、「これはひとつの告白になるでしょう」と兄宛ての手紙に書いたが、彼は、かつて自分の身に起こったドラマの意味をつかみきれず、むきだしのまま「事実」を小説という器に投げ込まざるをえなかった。しかし、いつかはより率直にその「事実」を告白せざるをえないと感じていたにちがいない。その「あるとき」がいつのことになるか、ここではふれない。いずれにしてもその告白を実行するまでに、作家はさらに三十年の時を生きることになるのである。

文学少年

一九六六年十月、宇都宮

わたしは、絵に描いたような文学少年だった。恐ろしく内向的で、恥ずかしがりやで、ロマンティストだった。世界の文学を読み漁《あさ》った。わたしのシェークスピア狂いは尋常ではなかった。中学三年の卒業時、友人たちを集めてシェークスピア『ジュリアス・シーザー』の一場面を演じたこともある。「ブルータス、おまえもか」を演じたのは、むろん、わたし。しかし、わたしが最高に愛したシェークスピアは、『ハムレット』である。チャールズ・ラムの『シェークスピア物語』ではもう満足しきれなかった。高校二年の時には原作にまで手をだしていた。中世英語の発音の仕方もろくにわからないまま、「生か、死か、それが問題だ」で始まる三幕一場の最初の部分を棒暗記した。いまでもそれを断片的に諳《そら》んじることができるのがわたしの自慢の一つである。

シェークスピア熱が高じて、アイスランドの架空の王朝を舞台にした戯曲を書いたこともあった。専制的かつ抑圧的な父と若い王子の葛藤の物語である。思い返すだけで顔が火照《ほて》ってくるが、どうやら問題意識だけはしっかりしていたらしい。きっと『リア王』の影響もあったのだろう。いつかハムレットを演じることができたらと夢みて演劇部に入った。だが、与えられた役は清水邦夫のデビュー作『署名人』の獄吏役、台詞は二つしかなかった。「だまらっしゃい」の台詞一つまともには吐けない大根役者だった。

世界のハムレット役に憧れた。ローレンス・オリヴィエ、マクシミリアン・シェル、仲代達矢……。そしてついに理想の「ハムレット」にめぐり合った。一九六四年に旧ソ連で製作されたコージンツェフ監督の作品である。もっとも、このときわたしをとりこにしたのは、主役を演じた名優スモクトゥノフスキーというより、オフィーリア役のアナスタシア・ヴェルチンスカヤである。ハムレット役のスモクトゥノフスキーに別の意味から強いしっとと羨望を感じるようになった。ヴェルチンスカヤの凄絶可憐な美しさにいかれたわたしは、映画雑誌の切りぬきやブロマイド写真を集め、蚊帳《かや》のへこみに投げ入れる夜がつづいた。わが青春の真夏の夜の夢――。

映画のプロモーションでヴェルチンスカヤが来日し、その彼女がテレビでのインタビューに答えた「ダー（ええ）」の美しかったこと。しかし、ロシア語の「ええ」が濁音なのが、なぜかとても残念に思えたことも記憶している。

高校二年の秋、『カラマーゾフの兄弟』に挑戦した。きっかけは単純だった。高校の一年先輩が、とある全国の感想文コンクールで優勝した、というニュースを担任の先生が紹介したのだ。これは聞き捨てならなかった。猛然と闘争心が目覚めた。だが、小説は恐ろしく難解で、最後まで父殺しの犯人を特定できなかった。主人公ドミートリーが手に杵をつかんだまま、父親の寝室のそばの茂みに体をひそめ、窓ガラスを小さくノックする。

「グルーシェニカ、君かい？　来てくれたのかい？」

鼻の下を長くした父親の醜い顔をみて、その憎しみが頂点に達したところでいきなり長い破線が入る。そこから流れがわからなくなった。

犯人探しはどうあれ、息子が父親の寝室をのぞくという異常な場面に、妙な生々しさを覚えた。そもそも「父殺し」という言葉がこの世に存在することも知らなかった。そういう言葉が存在することに、何かしら安堵《あんど》めいたものを感じるとともに、決して口にしてはならない言葉と肝に銘じた記憶もある。結局、最初の『カラマーゾフの兄弟』から得たのは、凄まじい徒労感だけといっても過言ではない。感情の嵐にもみくちゃにされたような読後感のなかに、小さく花開くオフィーリアの姿だけが見えた。

高校三年の秋、校内の雑誌に、「自殺小論」と題するエッセーを発表した。萩原朔太郎の評論『絶望の逃走』を読んだのがきっかけである。そのエッセーには、『カラマーゾフの兄弟』の冒頭近くに登場するオフィーリア狂いの娘についての言及がある。どうやらわたしの思考力は、『罪と罰』を読んだ中三のときよりも著しく「退化」していたらしい。それもこれもその後の長い「感傷癖」が原因ではなかったろうか。わたしは、何ひとつまともに現実を見すえることができなかった。すべてが夢のようだった。

Ⅱ　激動の青春

「地下室」の記憶 ――一九六八年五月、東京

わたしのこの電文調の「自伝」にだれが興味を示してくれるのか――。そんな疑念がいつも頭にちらつき、遠い記憶のページを繰る手も滞りがちだ。わたしがいまプランを練るドストエフスキーとの旅は、時間と空間の双方に遠く道が伸びて、折りにふれ道草を重ねていくつもりでいるが、案内役サンチョ・パンサの役どころが少し大きすぎはしないか。しかしそうは思いつつ、なかなか自分語りの未練を捨てきれずにいるのが実情である。

この忸怩《じくじ》たる思いに免じて、ひとつだけ本心を明かしておこう。わたしが、自分の過去をつづる際にとる「電文調」は、何といっても羞恥心の現れである。案内役である自分の資格だけはきちんと説明しておきたい、ただし、恥ずかしいところはさっさとやり過ごしたい、そんなジレンマの証《あかし》、ということだ。さらに言わせてもらうが、読者のなかには、この電文調に「なぜか」とか「何かしら」とか「妙に」という非電

文調の副詞が頻出することに気づかれた方も少なくないはずである。ここには、紛れもなくドストエフスキーの文体が反映している。これらの副詞の使用には、「何かしら」癖になりそうな、「妙な」快感が伴っていて、おそらくは作家も、これに似た快感に浸りながら、凄まじい勢いで小説を書きついでいったのだろう……。

本題に戻ろう。

わたしが東京外大に入ったのは、一九六八年四月のこと。入学後のオリエンテーションの席で、黒縁メガネをかけた一人の先生の姿に釘づけになった。それが原卓也先生だった。いまも瞼《まぶた》に浮かぶが、旧西ヶ原キャンパスの中教室に、専任の先生方が横一列に並んだ。左から二番目の席に腰をかけていたのが原先生だった。その射すくめるような視線をその時しっかりと睨みかえせる新入生がいたとは思えない。当時、先生は、スターだった。中央公論社「世界の文学」の新シリーズが始まり、トルストイ『戦争と平和』の新訳が出はじめたばかりのことで、高校時代から先生の名前に親しんできたわたしにとってもまさに衝撃の「デビュー」だった。

五月の連休が終わると、わたしはすぐに、ドストエフスキー研究会を立ち上げることを思いたち、日比谷高出の秀才ながら、語学不適合を起こして留年したK君に声をかけた。授業の終了後の教室や生協食堂前でチラシを配ったものの、反応はゼロ。原先生のいる外語大なのに、なぜ……そんな恨めしい思いとともに、発見できたことが一つあった。要するに、外国語学部は、外国文学部ではないということだ。

最初に選んだ作品が、『地下室の手記』だった。フランスの作家ジッドが「ドストエフスキーの全作品を解く鍵」と持ち上げた哲学小説である。わたし自身あまり気乗りする小説ではなかったが、K君の主張にしたがった。ただし、次の一節には大いに勇気づけられた。

「ちゃんとした人間が何より楽しく話せることは何か？

答え、自分自身について」

ところが、これがかなりの曲者《くせもの》で、正直のところ読みとおすだけで精一杯だった。「歯痛にも快楽がある」「二二が四は死のはじまり」といった警句はそれなりに面白く感じられたものの、背後に隠された作者の意図が見えず、文字通りの、ごく上っ面《うわつら》な理解に留まった。

記憶に残っているのは、第二部「ぼた雪の連想」のラストシーンである。病的な自意識の持ち主である主人公が、リーザという名の娼婦に心にもない言葉を吐きかけ、女は絶望して部屋を出ていく。やがて自分の傲慢さに気づいた彼は、慌てて女を追いかけるのだが、時すでに遅く、通りは一面のぼた雪。一瞬の傲慢が取り返しのつかない結果を生む。この場面を読みながら、何か言い知れぬもどかしさを覚えるとともに、いつか自分にもそんな場面が訪れるのだろうか、という漠とした予感にかられたのを記憶している。

ロマンティストの無残

一九六八年六月、東京

大学一年の春に始まったドストエフスキー研究会は、わずか二回開かれただけで自然消滅した。『地下室の手記』に続く六月の「例会」では、『白痴』を取りあげることにした。かねてそのタイトルに惹かれていたわたしは、この機会を利用して、何としても読み通したいと願った。

お手上げだった『地下室の手記』に比べ、『白痴』からは圧倒的な喜びを得ることができた。イエス・キリストに擬し、「完全に美しい人間」として描きあげた主人公ムイシキン公爵に「完全に」魅了されてしまった。

だが、『白痴』を読むことが、その後の人生にどれだけプラスになったかというと、大いに疑問が残る。それまで恋愛経験などまるで縁のない「白紙」状態のわたしに、『白痴』はあまりに刺激が強すぎた。この小説のおかげで、恋愛についてかなり偏った先入見を抱くようになり、その先入見はたちまちのうちに固定観念と化した。

簡単に説明しよう。

人間は根底において三角形の奴隷であり、女性はとくに、二つの価値観の間で永遠に揺れつづける曖昧な存在である。そして醒めやすい。二つの価値観とは、一つに、王子様幻想、一つに、ストレートに彼女たちを受け止めてくれる力への従属——。端的に言うなら、主人公のムイシキン公爵と、野卑で野蛮な金持ちの息子ロゴージンの二人ということになる。

大学に入り、なんとか自分の人生を生きはじめていたわたしにとって、小説に描かれた「真実」は、じつに苦々しい「啓示」だった。現実の恋がこの小説のようなものだとしたら、まともなつきあいなどとうていできそうにない。どんなに幸せな恋にめぐりあえても、肝心の主役にはなれない。なぜなら、愛する人は、より高い理想を求め、心のどこかで「もう一人」のだれかを熱望している。もしも恋敵が、ムイシキン公爵のように「美しい人間」で、悪いことに、わたしがその彼を愛してしまったとしたら、どうなるか。わたしは、ドストエフスキーの小説のなかに、つねにそうした、三角形的な屈折が潜んでいるのを発見した。ところが、その三角形のしがらみから完全に自立できる人間が一人いる。唐突に聞こえるかもしれないが、それが、イエス・キリストである、と。

自分はとうていムイシキン公爵にはなれない、という思いが高じるにつれ、いつかしら周囲の友人を理想化するようになった。当時、大学でアメリカ文学を教えていた兄までが、ムイシキン公爵に二重写しになった。事実、わたしはひどく兄に憧れていた。

奇妙な物言いになるが、『白痴』は、もしかすると、読み手が同性を理解するうえで最高の恋愛小説なのではないか。男性の読者は、ムイシキン公爵に、女性の読者は、二人の男性の間を奔放に行き来する女主人公ナスターシヤ・フィリッポヴナに魅了される。同じ小説なのに、男女の間でこれほど読み方の差が際立《きわだ》つ小説も少ないのではないか。

ナスターシヤの魅力をなかなか理解できない自分の未熟さが苦々しかった。ある時、『死霊』で知られる作家の埴谷雄高《はにやゆたか》が、大のナスターシヤ・ファンであることを知って、ショックを受けた。さすがに大作家だけのことはある。これほどにも屈折を含んだ女性を愛せるのは、それだけ人間の器が大きいということだ、と。

それはともかく、『白痴』は、わたしをますますロマンティストに仕立てていった。ロマンティストには、総じて、他人の気持ちを推し量れない勝手な人間が多いという。たとえばチェコの亡命作家ミラン・クンデラは、ロマンティストほど「自分の感情以外の心情に冷淡な者はいない」とまで腐《くさ》している。しかしそれは間違いだ。彼らロマンティストは、多くの場合、自分が抱える傷とまともに向きあわないため、そう、自己防衛のために「ロマン」を夢みるのである。わたしは、東京に出てからもまだ、心のなかの傷と戦っていたらしい。

感傷家の恋

一九六八年八月、宇都宮

「ドストエフスキー体験」という言葉でみずからの青春を振り返ろうとする人は、何かしら拭うことのできない「傷」をたえず意識しつづけている人ではないか。

むろん、わたしの過去にも「体験」と呼べる何かはあった。ところが、こうして順繰りに記憶を掘りおこしていくうちに、否応なく気づかされる。わたしの場合、ドストエフスキー体験といっても一種の擬似的なそれにすぎず、実態はけっこうお寒いものだったのではないのか、と。要するに、どことなく迫力に欠けているのだ。原因はまず、高校時代にはじまった「感傷癖」がその後も長く尾を引いていたことにある。事実、わたしの「感傷癖」は病的だった。「感傷病」というのが正しかった。何かしら特殊な脳内物質が作られていたとしか思えない。いまにしてわかるのだが、自分の手で「感傷」のヴェールを引き裂こうとしないかぎり、「体験」の名に値する何かなどけっして得られるはずはなかった。

「体験」の浅さは、何より、二人だけのドストエフスキー研究会がわずか二カ月でお開きとなった事実が示している。当時、わたしはすでに新しい対象に熱をあげていた。友人たちより少し遅れて連休明けの入部となったオーケストラ部で、わたしは次第にチェロの魅力にとりつかれていった。

自分で言うのも何だが、ロシア語とチェロに明けくれたその年の夏休みこそ、わたしの「黄金時代」である。夏休みがはじまり、オレンジ色の楽器ケースを肩にかけて、宇都宮駅のプラットホームに降り立った時のあの誇らしい気持ちはいまもって忘れがたい。

夏の期間、ペンフレンドからの手紙が実家にもぽつぽつ届くようになって、一喜一憂していた。だが、その夏の一度かぎりのデートは散々な結果に終わった。途中、急に腹部に痛みがきて、慌てて帰宅せざるをえなくなったのだ。慢性的な神経性の下痢が原因だった。ペンフレンドへの片思いは徐々に病的と思えるほど熱を帯びはじめ、この恋が成就できなければ、生きている意味はないとまで思いつめるようになった。

夏休みの五十日間、わたしが読みふけった作家は、アンドレ・ジッドである。『白痴』以後、わたしはまる一年ドストエフスキーから遠ざかることになった。ジッドの存在は、大好きな兄に教えられた。その後、新潮文庫で読める小説から日記の類《たぐい》まで次々と読みすすめていった。

ほかのどの作品よりも気に入ったのが、一人の美しい娘をめぐる父子の葛藤を描いた『田園交響楽』――。主人公の牧師が、村外れで死にかけている老婆の家を訪ねると、その傍らに目の見えない一人の娘がいる。牧師は、野育ちのその娘を連れ帰り、ジェルトリュードと名づけて教育を施す。時とともに美しい女性に育ったその娘は、待ちこがれた開眼手術を受けたあと、牧師である養父とその息子ジャックとの愛に板ばさみとなって、川に身投げしてしまう。

残酷な物語である。

ジッドがこの物語で何を語ろうとしているのか、わたしがなぜこの物語に惹きつけられているのか、当時のわたしにはわからなかった。しかし、小説は文句なしに美しかった。いまも思うのだが、かりにわたしがフランス文学者だったら、きっとまっさきにこの小説の翻訳を手がけていたと思う。

皮肉なことに、当時ジッドの本で唯一読みきれなかった文庫本が、『ソヴェト旅行記』だった。その頃のわたしは、社会主義に対する偏見に凝り固まっていて、ソ連社会を人間の魂を破壊する無慈悲なマシーンのようにイメージしていた。反面、十九世紀ロシア文学でもゴーゴリの小説などが描く小役人の世界はまったく受けつけなかった。感傷家でロマンティストのわたしが絶対に見たくない世界だったのだ。

大学生として初めての夏を、この上なく幸せな気分で過ごしたわたしは、九月初め、ロシア語とチェロの多少の上達に誇らしい思いを抱いて上京した。そして北区西ヶ原にあるキャンパスの門を右に折れ、木造二階建ての事務棟に向かいかけたところで足を止めた。正面入り口に、物々しい感じの立て看板が掛けられていたのだ。

裏切り者

一九六八年十月、東京

過去の記憶を掘りおこす作業は、おのずから歪みをはらんでいる。いま、わたしの手もとに、『東京外国語大学史』と題する分厚い一冊の本がある。そこには、一九七〇年前後、東大、教育大（現在の筑波大）とならんで「最重症大学」の一つと目された東外大での学園紛争の一部始終が生々しく記録されている。わたしはこれまで一度としてこの頁を開いたことがなかった。

『大学史』によると、全共闘によるバリケード封鎖は、早くも一九六八年十月十一日に実行されている。「黄金」の夏休みが明けてから約ひと月後のことだ。この時期の記憶のなかでひときわ鮮明に残っているのが、十二月中旬、三日間にわたって開かれた大学当局との大衆団交である。深夜、団交する側に回ってホール最後列に座ったわたしは、その物々しい空気におびえきっていた。そして心は真っ二つに割れていた。同級生たちの真剣きわまりない行動に心を揺り動かされる一方で、彼らに必死に抵抗する教授会メンバーの何人かにもエールを送っていた。おそらくはその曖昧な心のうちが原因だったのだろう。「議場閉鎖」の掛け声がホール内に響きわたり、ヘルメットの学生たちが一斉にドア口に走りだした瞬間、わたしは心身ともに凍りついた。

当時、東京・中野にあった学生寮の管理運営にかかわる問題が紛争の発端だった。シェークスピア、ドストエフスキー、ジッドにかぶれ、チェロの魅力にとりつかれている「感傷人」に、学生寮のなにが問題なのかまるきり理解できなかった。ただ、正義は学生にある、ということだけは本能で信じることができた。もっともそこには、この瞬間、この状況にしっかり身を置かなければ、一生後悔するかもしれないというどこか強迫観念めいたものも含まれていた。ただ、少し自虐的な言い方をすれば、それでもわたしは、たんなる野次馬に過ぎなかった。

バリケード封鎖からまもなく、わたしは理由不明の衝動にかられて、自分から全共闘の友人に連絡し、バリケードを守るピケット隊に加わった。その夜、塹壕のように積み上げられたベンチの檻のなかで、副議長のN氏が、しみじみと「労働歌」を歌いだすのを見て、やはりついていけないと思った。N氏の歌は、どこか少し調子外れなところもあったが、強い自信に満ちていた。その歌に唱和できない自分を「ユダ」のように感じ、割り振られたピケットの時刻が過ぎると、文字通り、尻尾を巻いて逃げ帰った。その後、友人の呼びかけにも一切応じることはなかった。

翌年四月、キャンパス再開が宣言され、それに抗議する学生百二十八名が逮捕された。そのなかには、ロシア学科の一年生も二十名近く含まれていた。わたしは、校門のそばに突っ立ち、ひたすら事態の成りゆきを見つめるしかなかった。逮捕――、何と禍々《まがまが》しい響きだろう。友人たちはまるで逮捕されるために大学に入ってきたようなものではないか。おまけに一生その「烙印」を背負って生きていかなくてはならない。何という不条理。しかし、それでも、大学を批判しようという気になれない自分がもどかしかった。

やがて大学から試験実施の知らせが届く。受験すれば全員を進級させるという意図が文面からおおよそ想像できた。当日、わたしは何の準備もせずに大学に向かった。試験会場の一二一四教室にはテレビ局のカメラが入っていた。午前十時、担当の教員が試験用紙をたずさえて教室に入ってくる。ドア口で待ちかまえていた学生が飛びかかるようにして試験用紙をうばい、窓の外に投げ捨てる……。

昼近く、トイレを出ようとしたわたしは、後ろから走ってきた同級生に試験用紙の束で後頭部を叩かれた。

「裏切り者」――。

怒りのこもる捨て台詞を残して彼は走り去っていった。それ以来、わたしは彼の姿を見かけることはなかった。

実存主義を疑う

一九六九年十月、東京

両義的である、という態度が、文学の原点である。正義と悪、愛と憎しみ、右と左、黒と白、思えば、文学はつねに曖昧さを愛してきた。わたしがドストエフスキーに強く惹かれたのも、彼がつねに曖昧さと境界線に立って苦しむ人間を相手にしていたからだと思う。『地下室の手記』の一節「二二が四は死のはじまり」や、ゲーテ『ファウスト』の言葉「私は永遠に悪を欲し、永遠に善をなすあの力の一部なのだ」がことのほか好きだったのも理由がある。

では、両義的であろうとする態度は、はたして一個の「思想」として自立できるものなのだろうか？　自立できると言いきる自信がわたしにはある。四十代のわたしが向かいあったスターリン時代の芸術家たちは、一様に「ユダ」を意識し、それを武器として独裁権力と戦いつづけた。彼らが、裏切ろうとした相手は、「全民族の父」スターリンだが、その「父」の恐ろしい罪業が暴かれるのははるか後のことだ。

「裏切り者」の意識のなかで大学生活を送るわたしは、むろんそれに居直る気はなかった。むしろその意識を保ちつづけることが、誠実さの証になるとさえ信じていた。それは、同じ時代を生きた友人たちに共通する感情だったと思う。『大学史』の記述が面白い事実を明らかにしている。一九六九年一月当時、大学がおこなった調査によると、学園の正常化を是とした学生が回答者の七割近くを占めているが、それでも全学生の四割を占めるにすぎない。ユダとしての凡庸な人生を願う声は、思ったよりも高くなかったのだ。

六九年の秋は、全共闘運動が政治運動へと大きく転換していった時期である。それまで半年間、大学では数えきれないほど「事件」が起こった。一月末、恩師の原卓也先生は、教授会に辞表を提出し、話題の人となった。「無能教授会を告発する」と題された週刊誌の記事に胸が痛んだ。いつかお世話になると決めた先生との間に越えがたい断絶があることを意識したのだ。憧れの先生に対して、きっと死ぬまで「ユダ」を意識しつづけるかもしれない、と思った。

「10・21」すなわち国際反戦デーの前夜、地方の大学で運動に関わっていた親友がわたしの三畳間の下宿に泊まった。その夜、何を語り合ったかよくは覚えていないが、モスグリーンのバッグに挟みこまれた「読書新聞」の記憶だけはやけに鮮明に焼きついている(当時、この書評紙は、「反体制」の良心のシンボルだった)。翌朝早く彼を送りだしたわたしは、昼近くに起きだし、水子地蔵のある寺の境内にチェロを運びこんだ。ただしその日から「読書新聞」の読者になった。

フランス文学への熱中は続いていた。ロシア民俗学のB君に大きな刺激を受けた。人文書院刊の『サルトル全集』をあらかた読み切っていた彼の前で、ジッドの話はできなかった。そんな折、『自然発生的抵抗の論理』というジッド論を見つけ、読みはじめた。弱気なわたしの身の丈にあう「抵抗」の論理に出会えるかもしれないと期待したのだ。だが、迫力不足は否《いな》めなかった。そこでついにサルトル『実存主義とは何か』に挑戦した。難解で、非常に苦しい読書だったが、三回読み返してようやく内容がつかみとれた。サルトルは、未来に自分を「投企せよ」といい、「人間はみずからつくるところのもの以外の何ものでもない」と教えていた。だが、投企できるほどまともな自分もなければ、投企できる状況もすでになかった。状況は、遠くに去ろうとしていた。そしてかりに主体的に何かを選びとることができたとしても、その何かに責任をとれるだけの自信はない。感傷的で、ロマンティストのわたしはまだ運命の力を信じつづけていたように思える。未来は、運命は、いつなんどき人間を裏切るかもしれない。

もっとも、サルトルの実存主義に違和感を覚えたのは、わたしがたんに臆病だったからにすぎない。幼いころから争いごとが嫌いなわたしは、たとえ「裏切り者」と呼ばれようと、臆病の温かい巣にこもるほかなかったとみえる。

Ⅲ 『罪と罰』体験

再挑戦　一九七〇年九月、宇都宮

わたしには、三度にわたる『罪と罰』体験がある。わたしがこれから書き記そうとする体験は、まさに二度目の『罪と罰』ということになる。いや、なるはずだ。こんなあいまいな言い方をするのは理由がある。二度目の『罪と罰』が、わたしの大学生活にとって最大の収穫とあってみれば、それを語り尽くすにはそれなりの覚悟が必要だろう。ところがこうして四十年前の「収穫」の記憶を掘りおこしにかかるわたしの心がなぜか少しも躍らない。やはりそれにも理由がある。あろうことか、わたしはいま軽い「記憶喪失」の状態にある。その原因については、いずれ、機会をあらためて述べることにしよう。

さて、大学三年の夏にわたしは、約五十日間かけて『罪と罰』をロシア語で読みとおした。過去二年、ロシア語専攻は名ばかりで、まともに授業を受けることのなかった学生にとって、まさに無謀としかいいようのない試みだった。であるなら、なおさら心に深く刻まれていてよい経験となったはずだが、いま頭に浮かんでくる記憶といえば、すべてがその外形の部分にすぎない……。

この年、夏休みが始まる前日にわたしは、東京・神田神保町の「ナウカ」書店で『罪と罰』の原書を手に入れた。きっかけは友人の一言にあった。ワンゲル部に所属する元気のいい友人I君が、「この夏休みは、ロシア語で『罪と罰』を読むかねえ」と冗談交じりに話しているのを横で耳にしたのだ。その瞬間、むらむらと競争心が湧きおこった。そして翌日、神保町に出向いて行った。いまも思い返すのだが、かりにあの日、I君の一言を耳に挟むことがなかったなら、わたしはきっといまとはまるで別の人生を歩むことになったはずである。

夏休みに入ると、わたしはさっそく、北区滝野川にある三畳間の下宿で原書に向かいあった。最初の一頁は、単語の書き込みとアンダーラインで真っ黒になった。あるときその数を数えてみると、じつに百数十カ所あった。数日後、宇都宮に戻ったわたしは、それから約四十日間、市内の県立図書館に通いつめ、夏休みの最後にあたる九月十日に読了した。最後の十日間は、まるで奇跡のように、一日に十数頁近く読み進めることができた。外形の記憶といえば、他にもある。エアコンのない閲覧室のうだるような暑さ、ペンフレンドと一日かけて日光・戦場ヶ原へ遠出したときのこと、フォークナー『アブサロム、アブサロム！』の読書。妙な寂しさに包まれた「エキスポ'70」の閉幕……。

それにしても、過去何十年間にわたってひそかな誇りとしてきた体験の中身がゼロなどということが、どうして起こりえようか。原因は、今ここに、ある。わたしはいま、三度目の『罪と罰』体験を終えたばかりで、その圧倒的な印象の前に、二度目の『罪と罰』の記憶がほとんど跡形もなく蹴散らされてしまった感じなのだ。

一過性の軽い記憶障害、とでもいおうか……。

外形の記憶は、さらにもう一つある。九月十一日、夏休みがあけて東京にもどり、西ヶ原キャンパスの門をくぐったところで、ロシア人の先生に出くわした。すでにロシア語を征服したような誇らしい気分でいたわたしは、この夏の経験を思いきり話してやろうと先生のそばにかけ寄った。ところが、恐ろしいかな、わたしの口からかろうじて出たロシア語は「こんにちは」の挨拶と、「わたしは読みました、『罪と罰』をロシア語で……」までにすぎなかった。われながらあまりにふがいなく、そのままオーケストラ部の部室のある管理事務棟に駆け込むほかなかった。

後日談を一つ——。

数年前、ワンゲル部の先の友人で後に電通に入社したI君と三十年ぶりに再会したときのことだ。わたしは彼に次のように尋ねた。

「で、君は、あの夏、『罪と罰』をロシア語で読んだのかい？」

I君は目を丸くして答えた。

『罪と罰』をロシア語で読めるなんて思ったこともないし、読もうと思ったこともないねえ」

あの夏、わたしはI君の言葉をどう聞きちがえたのだろうか。

わたしは呆気《あっけ》にとられ、人の一生における運命の果たす役割というのは、底知れず愉快なところがある、と思った。

「意志の書」、「運命の書」　二〇〇九年四月、東京

三度目の『罪と罰』体験は、体験というより、闘いだった。今回はあくまで、「翻訳」の営みをとおしての体験であるだけに、過去二度にわたるそれとは比べものにならないほど「知的な」喜びをともなった。じつはその喜びこそが、わたしを軽い「記憶障害」に追いやった正体でもある。ただし、若い時のように、殺人を犯す主人公とのシンクロは起こらなかった。また、犯行後の彼に襲いかかる孤独や恐怖にもシンクロすることはなかった。だが、「読解」という知的な作業をとおして、あらためていくつか大切な発見に立ちあうことができた。

わたしは、これからその「体験」のエッセンスを語ろうと思う。ただし、その前に一つだけ確認しておくべきことがある。それは、わたしが、信仰者ではない、という事実である。今回、この小説の翻訳と、この小説をめぐる小さな本の執筆を並行させるなかで、わたしがつねに悩まされてきた問いがあった。それは、そもそも『罪と

罰』を、信仰によらずして読み解くことは可能か、という問いである。逆にわたしには最後までこの小説にこめたドストエフスキーの真意をつかみとることができなかった。彼はほんとうに信仰者だったのか、そうではなかったのか、が。

『罪と罰』には、全編いたるところに聖書の引用がちりばめられている。小説のクライマックスとされる第四部第四章にいたっては、「ヨハネの福音書」から「ラザロの復活」のエピソードがほぼ丸ごと引用されている。わたしはこれまでの二度の「体験」で、キリスト教のモチーフにはほとんど関心を抱くことがなかったし、たとえば「ラザロの復活」が、殺人犯の来るべき「復活」の予告である、といった予定調和的な解釈をうさんくさく思い、危険視してきた。その一方、わたし自身、時に何かしら宗教的とも呼べる感覚の訪れを受けて、ゴルゴタの丘に立ったイエス(「なぜわたしをお見捨てになるのか」)の孤独を理解したいと思ったこともある。要するに、そんな、どっちつかずの状態が、小説の読解に微妙な影を落としていたのである。

事実を明かすなら、『罪と罰』を翻訳中、この小説をめぐる印象は、それこそ一時間ごとに振り子みたいに揺れつづけた。そしてついに、この小説には何かしら究極の答えと呼べるものはないという結論に辿りついた。あるいは、究極が、すなわち答えは二つある、と言いかえてもよい。さらに言うなら、『罪と罰』という小説そのものが、ある時点で真っ二つに裁ち割られているという印象すら受けた。「意志の書」と「運命の書」の二つに。前者の視点から見れば、主人公の青年は、救いようもなく有罪である。しかし後者の視点からみると、彼は、人間としての「甦《よみがえ》り」を約束されている。

では、第一の質問――。金貸し老女殺しの動機とは何か。

模範解答がすでにある。それは、何らかの正当な目的があれば、非凡人（＝天才）は、その目的を成就するために犯罪的な手段を行使し、凡人の権利を踏みにじる権利を有する、というものだ。まさに思想殺人である。しかしわたしには納得できない。むろん、共感もできない。それは、曖昧さが好きなわたし自身の性格のせいでもない。何かが間違っているということが、本能でわかる。そしてその間違いに本能で気づけないところに、ラスコーリニコフの狂気が潜んでいるのだ。

第二の質問――。作者自身にはっきりとその動機は見えているのか。

小説の第五部、主人公の青年が娼婦のソーニャと二度目に出会う場面で、彼は殺人の動機を最低でも六つ挙げている。

「ふん、なに、盗みさ」

「母を助けてやろうと思った」

「ナポレオンになりたかった」

「悪魔に唆《そそのか》された」

「理屈ぬきで殺したくなった」

「知りたかった。一刻も早く、自分もみんなと同じシラミか、それとも人間か?」

わたしの直感では、おそらく作者自身にもその正体は見えていない。わかろうとするプロセスはあっても、結論には辿りつけなかった。ことによると、小説の執筆そのものが、「動機探し」としての意味を持っていたのかもしれない。そしていくつもの答えから読者一人ひとりにその一つを選ばせようとしていたのではないか。

では、ドストエフスキーは、老女殺しの罪をどこまでラスコーリニコフ個人の罪に帰そうと考えていたのか。かりに「ナポレオンになりたかった」という動機とはうらはらに、「理屈ぬきで殺したくなった」という理由が真実であるなら、はたしてこの主人公に、人間としての「甦り」をどこまで期待することができるのか。

傲慢、または生の証

二〇〇九年四月、東京

興奮が収まらない。

「エピローグ」の圧倒的な余韻にいまもなお浸りつづけている。

強制労働八年の判決を受け、シベリアの流刑地に立った『罪と罰』の主人公は心のなかでこう叫ぶ――。

「せめて運命が後悔をもたらしてくれたなら――心臓をうちくだき、夜の夢をはらう、じりじりと焼けるような後悔を……」

二人の女性を殺害してから、すでに一年半が経過していた。時が経てばその分、犯した罪のリアリティは失われていく。主人公のこの「叫び」は、「八年」の量刑に託された更生の期待をみごとに裏切るものだ。『罪と罰』のラストが示しているのは、かりに法が罪を裁くことができるにしても、それはあくまで外形のみであり、罪人の内面まで裁くことはできないという真実である。

ともあれ、犯罪と量刑との間に横たわる不条理という思いは、『罪と罰』を執筆中の作家の脳裏から一時も離れることがなかった。理由の一つは、「叩き割られたもの」を意味する主人公ラスコーリニコフの名前に暗示されている。つまり、主人公自身のなかで、叩き割られた二つの人格が激しくせめぎ合っていたのだ。一方に、人を寄せつけない「悪魔的」ともいえる自尊心がある。他方に、貧しき人々への痛切な憐れみの心がある。思えば、この分裂こそが、『罪と罰』を「意志の書」と「運命の書」の二つに叩き割った正体なのだといってもよい。そして一つの判決が、この二つに「叩き割られた」主人公を同時に裁くことは不可能だった。

それにしても、人間は、みずからが犯した罪のすべての責任を受け入れなくてはならないのだろうか。そもそも、犯罪の全プロセスを「意志」に帰することは可能なのだろうか。むろん、可能であるはずがない。法は、同じ殺人に対してもさまざまな裁きの基準を設けている。では、『罪と罰』の主人公に下された「強制労働八年」の量刑は果たしてどこまで正当といえるのか。

ご存じの方も少なくないと思うが、この量刑は、国家反逆の罪で一度は死刑宣告を受けた作者が、恩赦によって受けた量刑をほぼ正しくなぞっている。客観的に見て量刑は軽く作家自身もそう考えている。そしてその「軽さ」には、実は、作者みずからの世界観に照らした重大な問いかけが含まれていたと考えていい。

『罪と罰』の読者に注意してほしいのは、この小説が、ラスコーリニコフがみずからの意志を実現していく物語から、つまり「意志の書」から、一種の「運命の書」としての相貌を帯びはじめるのは、はたしてどの時点か、ということだ。端的に言って、この小説が二つに裁ち割られるのはいつか？　わたしはこう答える。それは、老女殺しのパラノイア的な妄想に憑かれた主人公がペテルブルグ郊外の草地でみる「馬殺し」の夢の場面だ、と。主人公は、ミコールカという酒酔いの若者が、鞭《むち》と轅《ながえ》で百姓馬を打ち殺す夢を見て、あまりのおぞましさに正気に返る。夢の中で彼は、このミコールカに、百姓馬にシンクロしていた。こうしてついに殺害の「計画」をいったん断念する。ところがその次の瞬間から、主人公はさながら夢遊病者かマリオネットのように運命に操られる存在と化す。読者の目には、その転換の一瞬が見えにくく、逆に彼は極限の理性を生きているようにさえ思える。しかし、その後の彼の行動に、いくつもの偶然が介在していることはまぎれもない事実である。この、恐ろしく矛盾した状況こそ、つまり、本来ならば運命に帰せられるべき罪を、人間がすべて引き受けなくてはならない点こそ、作者が問題視した部分だったのではないか。

犯行後、読者が目のあたりにするのは、主人公の凄まじいまでの傲慢さである。傲慢さだけが、突出して読者の前に突きつけられる。では、傲慢であることそのものが、罪なのか。傲慢こそが、二人の女性の殺害へと走らせた正体なのか。いや、ちがう。傲慢さが彼の「悔恨」をブロックする分厚い壁となったことはまちがいない。しかし翻ってこの傲慢さこそは、主人公にとって生の証《あかし》、自分の自分たる証、人間の人間たる証、といっても過言ではないのである。

世界が終わる夢を見る

二〇〇九年四月、東京

幼いころから、世界が終わる夢をなんども見てきた。洪水が山の頂まで押し寄せてくる夢、地震で山が崩れ、行き場をうしなう夢――。長い年月にわたって見つづけてきた「終わり」の夢が原因なのかどうかわからない。しかし、わたしはいつかしら、自分を一種の終末論者とみなすようになった。心のどこかでつねに「終わり」を意識している自分に気づく。いまもはっきり思い起こすことがある。一九八〇年代の終わり、アメリカで奇病が発生したとのニュースを新聞で読んで不快な予感にかられた。原因は、霊長類を自然宿主にするウイルスにあるらしかった。しかもそのウイルスは、不断に変異しつづけるため、いったんこれに感染するやもはや手の施しようがなくなるという。わたしは、昔観た映画『エイリアン』を思い起こし、世界はもしかするとこのウイルスによって「終わり」をむかえるのかもしれないと予感した。

今回、『罪と罰』の翻訳をとおして、わたしは改めて作者のもつパラノイア的な予言力に驚かされた。主人公ラスコーリニコフが流刑地で見る「疫病」の夢が一例である。当時、この「疫病」は、アフリカ北東部や西アジアに流布したチフスに類する流行病をさし、旧約聖書では神の怒りを象徴する病とされていた。主人公の夢のなかで、世界はこの「疫病」の生贄《いけにえ》となる運命にあって、ごく少数の「選民」しか生き残れない。

「この微生物は、知恵と意志とをさずかった霊的な存在だった。この疫病にかかった人々は、たちまち悪魔に憑かれたように気を狂わせていった」

この「疫病」にかかった人々は、たちまちのうちに、善悪の観念を見失い、不条理な憎しみにかられて殺しあい、火災と飢饉とともに滅び去る。他方、この災厄を逃れた人間は、「大地を更新し、浄化する」使命を授かるが、彼ら「選民たち」の姿を目にしたものはだれひとりいない、と作者は書いている。

ちなみに、ここでわたしが「ウイルス」と呼んでいるのは、ロシア語で「旋毛虫」である。『罪と罰』が書かれる直前の一八六三年から六四年にかけて、ヨーロッパ中にこの「旋毛虫」の恐怖がまん延した。動物の筋肉に入り、それが人間にも寄生して死亡の原因となるというものだ。

『罪と罰』の執筆も終わり近くにきて、作者は、まさに今日でいう「パンデミック」

のテーマに着目した（この夢を作者自身がじっさいに見たかどうかはわからない）。その理由とは何であったか。ここで注意すべき点は、流刑地にあってなお、殺人の罪のもつ根源的な意味に辿りつけない主人公の「甦り」が、まさにこの夢のあとに訪れてくることである。

予審判事ポルフィーリーの執拗な追及にあい、ソーニャの熱烈な願いに応えて、ラスコーリニコフは、警察署に自首して出る前、センナヤ広場の中央で「快楽と幸福に満たされながら」大地にキスをする。つかのまながら、思いもかけない高揚の一瞬だった。しかし彼はその後ふたたび無関心の闇に呑みこまれ、ほとんど罪の意識を感じることがなかった。その彼にあらためて神の「恩寵」のように訪れてくるのがこの夢というわけである。

センナヤ広場でのキスを、かりに「第一の恩寵」と呼ぶことができるなら、「旋毛虫」の夢は、「第二の恩寵」である。では、この二つの恩寵を、キリスト教による救いという説明で済ますことが可能だろうか。わたしはそうは思わない。むしろ、それはキリスト教をこえたより普遍的かつ宇宙的な感覚であるような気がする。センナヤ広場にしろ、「旋毛虫」の夢にしろ、ドストエフスキーはあたかも、わたしたちが踏みしめている大地の底に何かしら強い磁力をそなえた救いの力が存在していることを暗示しているかのようにみえる。救いは大地の底から訪れてくる、とでも言わんばかりに。もしもそれを「宗教」といい、その力を信じることを「信仰」と呼ぶことができるなら、わたしもまた立派な「信仰者」ということになる。

王宮橋からの眺め　二〇〇九年五月、サンクトペテルブルグ

明るい、明るすぎる。

ネヴァ川にかかる王宮橋に立ったわたしは、光と風の絶妙な化合から生まれる快美感に浸っていた。この町を、「地上でもっとも現実離れした町」と否定的なニュアンスを込めて呼んだドストエフスキーの真意が一瞬わからなくなった。ご承知のように、帝政ロシアの首都ペテルブルグは、三百年の昔、時の皇帝ピョートル一世がフィンランド湾の沼地に膨大なコストと人力を投じて築き上げた人工都市である。強制労働を伴った建設作業では、じつに数万人が犠牲となり、そのなかには、ロシア正教会から破門された異端信仰の人々が少なからず含まれていたという。恐らくは、そうした名もなき人々の無念さが呪いと化したのだろう。この町はやがて「ペテルブルグ、空なるべし」との不吉なレッテルを貼られるにいたった。いつかしら、水中に没するべく運命づけられているという意味である。

作家のいう「現実離れ」にこだわるなら、ネヴァ川の堤や運河の橋を彩るさまざまな動物の装飾品がよい例だろう。ロシア正教会と黄金のライオン像を背景にスナップショットを撮るというのもなかなか乙だが、わたしに言わせると、まさにキッチュの世界そのものである。

もっとも、この町が現実に歩んだ歴史は、まさに過酷の一言に尽きた。わたしがいま念頭に置いているのは、十七世紀の都市建設にまつわるエピソードでもなければ、独ソ戦中に百万人近い犠牲者を出したナチス・ドイツ軍による封鎖の悲劇でもない。ペテルブルグの歴史をひもとけばすぐにわかることだが、この町は長いこと、洪水との不断の戦いをその歴史に刻みつけてきた。フィンランド湾から吹き寄せる風でネヴァ川の水が逆流し、町は時として大洪水に見舞われた。『罪と罰』が書かれる約四十年前の出水の際には、通常の水位より四メートル強上がったという。おそらく作家は、そうした歴史をも念頭に置きながら、「石の町」の名とうらはらな、脆弱な何かをこの町にかぎ取っていたのではないか。

その日の昼過ぎ、Yホテルを出たわたしは、メーデー帰りの人々でごったがえすネフスキー通りからネヴァ川に向かってそぞろ歩きをはじめた。世界が「パンデミック」の恐怖にさらされるなか、極力外出を控えるつもりでいたが、窓から流れこむ光と風の誘惑に勝てなかった。

王宮橋からの眺めは圧倒的だった。しかしそれにもましてわたしが圧倒されたのは、ネヴァ川の不気味なほどの水量だった。右手に見えるエルミタージュ宮殿も、左手に見えるペトロパウロ要塞も、たんに安手のキッチュなアクセサリーとしか思えないほど、水が主役を張っている感じなのだ。思えば、その不吉なしるしをはらんだネヴァ川の感覚を全面的に押し広げてみせたのが、まさに『罪と罰』のラストということになる。物語もいよいよ大詰めに来て、ラスコーリニコフとスヴィドリガイロフの二人の男がネヴァ川にかかる橋の上に立ち、それこそ濡れネズミになりながら自分の運命に思いをめぐらす。生か、死か、ぎりぎりの選択を迫られた二人は、強風にあおられて不吉に波打つ水面を見下ろしながら、決断を先送りする。彼らの耳朶《じだ》にこだました「洪水警報」の二発の砲声に恐れをなしたのだろうか。同じ時刻に一人は、忌まわしい風音におびえながら悪夢に陥り、もう一人はまた、水と泥にまみれて「石の町」をさまよっていた。

王宮橋の上から、爽やかなそよ風にも流れを止めるネヴァ川の水面を見下ろすうち、『罪と罰』の主人公たちが一様に水を怖がる理由がわかったような気がした。その敷石の下に眠る巨大な湿原、太古の記憶――。ペテルブルグはことによるとこのネヴァ川の水面に浮かぶ少しばかりグロテスクな観葉植物にすぎないのかもしれない。橋の上のわたしは、この水と光と風がおりなす絶妙のコントラストに魅入られながらも、まるで巨大な海の上を小舟で漂流するようなめまいを覚えていた。

一億倍も醜悪なこと　二〇〇九年四月、サンクトペテルブルグ

午後に予定されていたペテルブルグ大学での講演を前に、わたしは少しばかり落ち着きを失っていた。講演の原稿は、たっぷり三時間分あったから、とりたてて不安を感じる理由もなかったが、質疑応答の際、何かしら悪意ある質問がフロアから飛び出したら、という不安が心の隅にわだかまっていた。

朝もまだ早いうちに、ペテルブルグ大学の幹部や、講演を企画したCSR（企業の社会的責任）事業関係者との面談を終えると、わたしはただちに『罪と罰』の舞台であるセンナヤ広場へ車を走らせた。

四月の終わり、明るい日差しが降りそそぐ広場は、かすかながらも冬のなごりをとどめ、西から吹き寄せる風も思いのほか冷たい棘《とげ》を含んでいた。だから、『罪と罰』の背景となる百五十年昔の七月の光景をそこに二重写しすることには、かなりむりがあった。しかし、講演を前にわたしはそのとき、何としても軽い興奮を必要としてい

たらしい。たとえ一時でも、小説の主人公にシンクロできれば、おのずと不安は克服できるはずだった。そこでふと、主人公のアパートのあった「十九番地」から、金貸し老女の家までの「七百三十歩」の距離をたどり直してみるのも面白いかもしれない、と思いあたった。昨年七月にペテルブルグを訪れた際、フライトの都合もあってやむなく断念したルートである。

ところが、途中どこでどう道順を間違えたか、かなり遠回りのルートをたどるはめになった。比較的大股な歩幅で、じつに千四十歩あった。その差三百十歩。むろん、その千四十歩に、何か新しい意味をもたせ、講演をおもしろく色づけするといった邪《よこしま》な考えは起こらなかった。そもそも数字などわたしにはどうでもよく、それよりむしろ、歩数をかぞえる、という行為のもつ純粋性のなかで、主人公と少しでもシンクロできることが大事だったのだ。そして予想どおり、「それ」は訪れてきた。胸の動悸が高まり、目がぎらついてくるのを感じた。やがて金貸し老女の家の門に辿りつき、グリボエードフ運河ごしにその建物を見上げたわたしは、一瞬、殺人者というより、むしろ狙撃者になりかわったような錯覚に陥った。

今回の翻訳をとおして、わたしはいくつもの「発見」に遭遇できたが、そのうちのひとつが、『罪と罰』における「父殺し」の問題である。また「父殺し」か、と思われる読者もおられようが、わたしはいまあらためてこの問題にふれざるをえない。

そもそも、元大学生ラスコーリニコフによる「老女殺し」は、たんなる「老女殺し」にすぎなかったのかという根本的な疑問……言いかえるなら、このラスコーリニコフのテロリズムが金貸し老女を標的としなくてはならなかった理由である。金貸し老女の比喩である「有害なシラミ」が、この世界でもっとも無意味な存在の隠喩であることはいうまでもなかろう。しかるに、現実のシラミを殺すことで良心に痛みを感じる人間が多くいるとも思えず、そうなると金貸し老女は、主人公にとって文字通り人間以下の存在だったことになる。

では、はたして「老女殺し」と「シラミ殺し」を単純に同一視することができるのだろうか。この、あからさまな「シラミ」の隠喩が、作者の隠された意図、ないしは「二枚舌」である可能性はないのか。そしてそれが、主人公の運命を支配する巨大な力、ある絶対的な権力の隠喩である可能性はなかったのか。

わたしの頭から、どうしても去ろうとしない一行がある。それはラスコーリニコフを追いつめる予審判事ポルフィーリーの次の一言である。

「あのばあさんを殺しただけですんでよかった。べつの理屈でも考えついていたら、一億倍も醜悪なことをやらかしていたかもしれないんです！」

はたしてこれが予審判事が吐くべきセリフだろうか。そもそも、「一億倍の醜悪」とはいったい何を意味しているのか。恐るべき心理家であった予審判事は、不敵なまでの傲慢さをのぞかせるこの青年なら、ことによるとこの「一億倍の醜悪」もおかしかねない、とにらんでいたのではないか。いまあえて「一億倍の醜悪」が具体的に意味するものを、明らかにすることはしない。しかし、いずれにしてもその「発見」の意味を、ペテルブルグの大学生の前で、いや、強大な政治権力が支配する今のロシアで披露するだけの勇気が、わたしにはなかった。

ホテル「サン・ラザール」　二〇〇九年五月、パリ

シャルル・ド・ゴール国際空港ターミナル2は、ヨーロッパ第二の空港とは思えないほど閑散としていた。複雑にくねる長い回廊には、バベルの塔を思わせるターミナル1ほど胸に躍るものがなくて、むしろ未来都市の荒廃すら予感させる何か寒々とした雰囲気が漂っていた。少し生意気な言いかたをするなら、達成と粋をきわめたフランス文化のはかなさに似た何かとでもいえばよいだろうか——。

凱旋門広場行きの高速バスから車窓の風景を眺めるうち、パリがもう一度熱く燃えてくれなくては、何もはじまらないという妙に切実な思いがこみあげてきた。その思いは、ことによると、ドストエフスキーの世界に淫しすぎている自分の、どこか限界的ともいえる鬱屈の裏返しだったかもしれない。

《世界がドストエフスキーだけではさびしすぎる……》

当初、パリは、たんにトランジットのためだけに利用するつもりでいた。ところが、

旅行プランが少しずつ固まるにつれ、パリをトランジットにするということが、何かしら許しがたい「傲《おご》り」のように思われてきた。そこで、ルーヴル美術館の見学を唯一の楽しみに、二日間のパリ滞在を旅程に組み入れることにした。といっても、正直のところ、この短い時間を利用し、『罪と罰』の校正刷と最後の一戦を交える腹づもりだった。「パンデミック」は、パリの誘惑を自分から断ちきる格好の口実となった。

ホテルにチェックインすると早々に「一戦」は始まった。わずかな睡眠と二度の朝食をのぞく計三十六時間、わたしは白い壁に包囲されていた。やがて、一種の幻覚、幻聴が訪れてきた。目の前に、まるで白夜のように白い闇がかかり、だれかがわたしの訳文を朗読する声が聞こえる。そこではっと夢から覚めると、校正刷は胸元からずり落ち、白い枕カバーに水性ペンの赤インクが滲んでいる。ああ、この、確実に老いを加速させる恐ろしいストレス、恐ろしい過労――。残り少ない人生、ここまで体を痛めつけることに何の価値があるのか……。

午後三時、ぎりぎりの朱入れの作業からわれに返ったわたしは、あわててパッキングをすませ、財布とパスポートを胸ポケットに納めて散歩に出た。方角は、ルーヴル美術館と定めた。市街地図を頼りに見知らぬ通りを歩くうち、重量感あふれる都心の街並みに徐々に圧倒されはじめた。やがて、古代ギリシャの神殿に似たマドレーヌ寺院まで来て、自分がいかにパリをみくびっていたかを悟らされた。この町のそここに、沼沢地に築かれた人工都市など足もとにもおよばないゆるぎない自信のようなものが感じられる。

わたしの頭のなかを『罪と罰』のさまざまな連想が駆けぬけて行く。ラスコーリニコフに劣らない過激なナポレオン主義者ジュリアン・ソレル（スタンダールの小説『赤と黒』）。贋金づくりの嫌疑をかけられた一青年の破滅を描くブレッソンの映画『ラルジャン』。ついには一家惨殺に及ぶこの青年の手に握られた凶器は、そこに描かれた世界が、トルストイの原作（『にせ札作り』）よりむしろ、ドストエフスキーの『罪と罰』に深く通じていることを物語っていた。

視界にガラスのピラミッドが入り、カラフルな人だかりが見えてほっと胸をなでおろした。久しぶりに生きた人の群れを見たような気がした。だが、彼らのあとからガラス箱の底に下りていくだけの勇気はなく、そのままオペラ通りへと足を向けた。理由はむろんフライトの時間だけではなかった。「君子、危うきに」の譬《たと》えを思い出したのだ。やがて、チェックアウトしたホテルのクラシックな外観が見えてきた。ホテル「サン・ラザール」――。と、そのとき思いがけない連想に打たれた。このホテルの名の由来は、ほかでもない、イエスのひと声で棺から甦った、あの「ラザロ」――。

思えば、わたしはそのとき、つかのまながらも白い棺を出て、美しい五月の空気を胸いっぱいに吸いこみ、人々の生命の息吹に触れていたのである。

Ⅳ　甦る『悪霊』

三島の死

一九七〇年十一月、東京

はるか四十年前の昼少し前、三畳間の狭い下宿を出たわたしは、早い昼食をすませるため、明治通りに立つ小さな定食屋に立ち寄った。いつものカウンター席で、好物の魚フライ定食が出てくるのを待つうち、突然、背中のテレビから臨時ニュースが流れてきた。作家の三島由紀夫が、市ヶ谷の自衛隊駐屯地に乱入し、総監を負傷させたというのだ。これはただごとではすまないと、とっさに感じた。と同時に、獄につながれる三島の姿がありありと脳裏に浮かびあがってきた。

当時の三島には、どこかグロテスクに浮いた感じがあって、友人同士の雑談ですら話題にしにくかった。『文化防衛論』や東大全共闘との討論集会の発言、「楯の会」での行動、『憂国』の映画化といった一連のパフォーマンスにも、時代錯誤、反時代的という以上の何かを感じることはできなかった。ただ、浅丘ルリ子が熱演した映画『愛の渇き』には妙に興奮させられたこともあって、三島に対する自分の印象には、多分に両義的なところがある、と感じていた。

『愛の渇き』を観てまもなく『仮面の告白』を手にし、「天才」とよばれる作家の早熟と進化度合いの凄まじさに圧倒された。作家デビューから二十年、当時の三島はすでに老成した観があったが、その彼が、大学紛争の激化を背景に鬱屈を深めていることはだれの目にも明らかだった。彼の胸の奥には、「謎のない透明さ」に覆われはじめた日本の文化全体に対するはげしい苛立ちが渦を巻いていた……。

三島の割腹自殺を、その日のどの時点で知ったのか確かめようと、ウェブ上を徘徊するうち、動画サイト YouTube 上でいくつもの鮮烈な映像に行きあたった。東大全共闘との集会での三島は、思ったよりもはるかに若々しく、TVカメラの前で人間の生と死を語る姿にも凜々しい落ち着きが感じられた。

「人間の生命というのは不思議なもので、自分のためだけに生き、自分のためだけに死ぬことができるほど強くない」

だが、市ヶ谷での「演説」の場面はあまりに痛々しく正視できなかった。

「それでだ、去年の十月二十一日だ。何が起こったか。（……）新宿で、反戦デーのデモが行われて（……）治安出動はいらなくなったんだ」

映画『憂国』の有名な切腹シーンを思い起こすうち、いくつもの疑問がざわざわと押し寄せてきた。どこかホラー映画を思わせる神秘的な美しさに魅《ひ》かれたのはなぜだろうか。ワーグナーの『トリスタンとイゾルデ』が、どうしてああも切腹シーンにマッチしたのか。三島が「防衛」しようと願った文化とは、むしろ国境や宗教を超えた「世界文化」、いや、ある普遍的な意味での「教養」だったのではないか。その「教養」に、恐ろしく倒錯的でロマンティックな美の観念が固着した、ということにすぎないのではないか。

思えば、『仮面の告白』の冒頭に『カラマーゾフの兄弟』を引用した三島は、すでにドストエフスキーの美学を見通していたといえるかもしれない。つまり、もろもろの矛盾や倒錯を包みこむ美が存在するということ、ソドムの「悪行」すらも許容する美は、深くマゾヒスティックであるということ、そして美と国家に対するマゾヒスティックな献身こそが、「大義」を裏うちする最大の根拠たりえるということ。

では、献身すべき相手が、俗悪な日常性に覆われてしまったらどうなるのか。たしかに、「情念」も「強靭なリアリズム」も「詩の深化」も顧みられず、伝統美や文化が失われようとする戦後の日本に、三島が呼吸できる空気はなかった。そういう認識に立った彼に残されていたのは、美への殉死という観念だった。なぜなら、国家によって裏切られた美ほど、狂おしく、純粋に美と呼びうるものはほかになかったからである。

蛇足だが、三島の死の翌日、わたしにとって長く美の化身だったペンフレンドから、別れの手紙が届いた。

唯我論者

一九七一年四月、東京

はるか遠い記憶の海に船出するたびに、過去は生きている、という思いを新たにする。だが、自分にかけがえのない記憶が、自分の脳のなかにしか存在しない、と考えると少し寂しくなる。どこか宇宙の奥にそうした記憶を預けることのできる宝石箱のようなものはないものか、そんなロマンティックな空想にふけることがある。いや、もしかするとその空想は、もはや空想ではなくなっているのかもしれない……。

記憶が生きものである以上、日頃の養分は欠かせない。また、それなりの「回春」法も必要になる。わたしにとってそれこそがネットである。ウェブ上の空間はまさしく人類の意識と無意識の巨大な「百科事典」――。それを「墓場」や「ゴミ溜め」にたとえる人もいるが、わたしはもっとポジティヴである。さまざまな検索エンジンを活用しながら、「旅」を楽しむ。

かつては評判の悪かった「ウィキペディア」も、日々進化を遂げつつあるようだ。

匿名の活動中の登録者数三十万、二百八十を超える言語、九千五百万の項目、「楽観的」とのそしりを恐れずいうなら、「ウィキペディア」こそ性善説の賜物である。この宇宙的な「百科事典」の十年後に思いを馳せるとき、フランスの詩人マラルメの残した一言（「世界は一冊の書物に至るために作られている」）は、現実にこの「ウィキペディア」の未来を予言していたのではないかとさえ思えてくる。

『罪と罰』の翻訳をすすめるなかでも、ネットを活用した。ウェブにアップされたロシア語の原文をダウンロードし、二分割したモニター画面の上半分にワード版のテクストをペーストする。訳文は、当然、その下に書き込まれていく。伝家の宝刀、ウラジーミル・ダーリの『大ロシア語詳解辞典』も、やはりウェブ上で自由に閲覧できるので、作業はきわめて機能的に進んだ。

ことによると、わたしのネット依存はかなり重症かもしれない。翻訳の合間など、この「回春」法を用いて、だれも知らない遠い世界に船出する。そして束の間の航海からふとわれに返り、電源をオフにする瞬間、わたしはときおり、ある思い出の訪れを受けてきた。そう、若い頃、わたしは「唯我論者」だった――。

「唯我論」をご存じだろうか。世界のすべては、「わたし」の意識の中にのみ存在し、「わたし」の意識を離れては何ものも存在しえない、目の前のリンゴは、自分がそれを認識している限り存在しつづけるが、自分が認識することをやめてしまえば、ただちにそのリンゴは存在しなくなる。これが唯我論である。こうした考え方を一つの客観知として理解するのではなく、まさにそのように世界を認識しつづける人を「唯我論者」という。

一九七一年の春、大学からの帰り道、駒込・染井墓地を通り抜けたところで、なぜかふとこの唯我論の「啓示」に打たれて足を止めた。世界は、わたしが死ぬ時に死ぬ、という思いが、狂おしい力で体全体にのしかかってきた。その瞬間、世界は、わたしと等身大にまで縮んで、黒い糸玉に変わってしまった……。

話は少し飛躍するが、長い人生に一度だけ、熱に浮かされたように詩を書きつづった時期がある。それがこの年の三月である。度重なる引っ越しのせいで「ノート」はいつのまにか手もとから消え、いまは一行も正確には思い起こせない。しかしふしぎなことに、それらの詩に、感傷、憐憫、恋愛の情によって喚起された言葉は微塵もなかったと記憶している。わたしはひたすら、外界の事象を多少とも面白くアレンジして書きとめる作業に熱中していった。

なぜこのときだけ詩を書くという行為に夢中になれたか、いまにしてわかるような気がする。わたしは確実に夢から覚めようとしていた。そしてそんな春先の午後、

「黒い糸玉」の「啓示」が生まれたのだ。そしてそのとき、わたしがバッグにしのばせていた小説が、ドストエフスキーの『悪霊』だった。

霧の彼方の地獄

一九七二年一月、東京

記憶ちがいだろうか。この年の元日、東京は深い霧に包まれていた。宇都宮に帰る始発電車の窓から、白い霧のなかにぼんやりと浮かびあがる朝日を目にした記憶がある。当時、わたしは、卒論の仕上げに追われ、北区にある下宿で連日、徹夜の追い込みを強いられていた。戦っていた相手は、『悪霊』——。政治や経済の仕組みに疎く、大学紛争の嵐も避けてとおした日和見の学生が、なぜ『悪霊』などという「政治小説」に魅入られてしまったのか。

ご存じのように、『悪霊』が扱っているテーマは、革命組織内でのリンチ殺人という高度にハードなもので、そのモデルとなった事件が、一八六九年十一月にモスクワで起こっている。『罪と罰』の完成から三年後のことだった。世界的な革命結社のロシア支部代表を任じる革命家のセルゲイ・ネチャーエフは、結社から離反しようとする学生を仲間とともに殺害し、農業大学構内の池に遺体を投げ捨てた。事件はまもなく発覚し、国外に逃亡していたネチャーエフも逮捕されたが、当時、ドレスデンでこのニュースに接した作者は怒り心頭に発して、革命運動を徹底的にやりこめる小説の執筆を思い立った……。

以上が『悪霊』の執筆にまつわる事実経過だが、わたしが魅入られた『悪霊』は、こうした政治的テーマとはかけ離れた、ひとりの悪魔的人物の心のドラマだった。物語のプロットとは一見、関わりのない謎の人物スタヴローギンに、それこそ釘づけにされた。美貌、知性、腕力と三拍子そろったこの人物は、数知れぬ悪行の果てにいかなる欲望の実現にも倦み果て、生ける屍のような姿を曝しつづける。『悪霊』はある意味で、この人物の最後の数日を描いた小説といっても過言ではない。

情けないことに、わたしがこの小説に発見できたテーマはひとつだけだった。それは「憐憫」の酷薄さということである。この小説に接するまで、わたしは、絵に描いたような理想主義者だったが、この小説に描かれたエピソードに衝撃を受け、世界に対する見方が根本から変わった。

ここで横道にそれることをお許しいただこう。わたしにはいまも、一つの信念として言いつづけていることがある。つまり、『罪と罰』はできるだけ早い時期に読んだほうがよいが、『悪霊』はできるだけ遅くまで読まないほうがよい。何ならいっさい手をつけずにおいてもよい、と。『悪霊』は、それほどに危険な小説である。刺激の強さの点では、『罪と罰』とさほど大きく違わないが、『悪霊』はあまりに光度を欠いている。そして読者の心が、この悲劇的な「神秘」の誘惑に耐えていけるほど強靭にできているとはどうしても思えないのだ。

衝撃を受けたのは、小説の巻末に収められた「告白」の一エピソードだった。スタヴローギンに凌辱された少女が、土気色の顔をして戸口に現れ、拳を固くにぎりしめながら、何度も顎をしゃくって彼に抗議する。恐ろしく痛ましい光景である。その姿を目にした主人公が、そのときどう反応したかは描かれていない。しかし主人公の反応などいまはどうでもいい。問題は、この時、不幸にもわたしの心に生じた感情が、この「哀れな」少女に対する嫌悪感だったということ、しかもこの嫌悪感にこそ、ドストエフスキー文学の究極の「神秘」が宿っていると思いこんだことだ……。

それにしても何という偶然だろう。一般に、この『悪霊』が予言したとされる「連合赤軍事件」は、この小説の執筆から百年後に起こった。そして、群馬県・榛名山中のベースで起こった最初のリンチ殺人は、わたしが卒論の執筆で徹夜したこの日、すなわち七一年の大晦日から翌年一日にかけての出来事である。このとき、「総括」の名のもとに殺されたのは、わたしとほぼ同じ年の三人の元大学生……。わたしはあらためて、この日の霧の記憶の正しさを認識しなければならないと思った。死者をとむらうのに、事実のあいまいさは許されない。

決別

一九七二年三月、東京

あのとき、なぜ、あれほど潔くドストエフスキーを棄てるという決心に立てたのか、いまもって理由はわからない。ただひとつだけ確実に言えることがある。それは当時のわたしが、檻の中のリス車にも似た自意識のうずにのまれ、完全に息が切れかかっていたということだ。しかし理由はそれだけに留まらない。それ以上に何か強い外的な力が介在していたのだといまにして思う。

その日、池袋の地下街を通りぬけようとしてふと足を止めた。当時、若者たちに人気のあった待ち合わせのスポットに黒い人垣ができていた。彼らは一様に、ガラスの壁に埋め込まれた数十台のモニター画面に見入っていた。それはほかでもない、「浅間山荘」をめぐる連合赤軍と警察による銃撃戦である。いまも耳元にこだましてくる。

「おかあさんよー」

「鉄砲撃つなら、わたしを撃ってください」

美しく悲しい母の声だった。

だが、この事件のもつ真の恐怖が白日の下に曝されるのは、それから数日後のことだ。群馬県内の山岳ベースからおびただしい数の遺体が発見された。連合赤軍のメンバーが、最後まで必死の抗戦をつづけた理由がこれでわかったような気がした。彼らは、革命の「大義」のためにではなく、醜悪な秘密の保持のために戦っていたのだ。

そしてこの醜悪な秘密に対する憎しみこそ、ドストエフスキーが『悪霊』の執筆へと駆り立てられた最大の理由だったのだと思う。逆にわたしがドストエフスキーを「棄てる」にいたった動機とは、この事件のあまりに惨たらしいリアリティとわたし自身のあまりの卑小さに対する絶望だった。眼前に白い霧のように立ちはだかる感傷のヴェールはすでにずたずたに引き裂かれていた。

それまで、わたしにとって、文学とは、文学の世界に身をひたし、登場人物とともに生きることと同義だった。文学のテクストに即して何かを語る、という態度は必ずしも最優先の事項というわけではなかった。物語世界にシンクロし、共感できさえすれば、言葉など二の次という気がしていた。しかし、それは間違いだった。文学とは、あくまで文字のテクストと対峙しつつ、その対峙からうまれる精神の営みをしっかりと書きとめる作業を意味していたのだ。文学とは、まさに「作業」だった。そんな単純な真実になぜ気づかなかったのか。逆に、そんな厄介な労力を必要とする「文学」が、わたしにとってどれほど必要だったのか。

「悪の系譜について」と題した卒論は、指導教官の原先生から高く評価されるものと信じて疑わなかった。想像力の上であれだけのシンクロを積み上げた末に書いた論文なのだから、悪いはずがない。だが、結果は違った。「卒論」の寸評欄に書かれた一言で、決別の意思は固まった。「生硬な表現が目立つ」――。

では、当時わたしは、この拙劣な卒論で何を伝えようとしていたのか。いま、ここでささやかな名誉挽回のために数行書き添えておきたい。奇妙なことに、当時のわたしが過剰とも言えるほど惹きつけられていたモチーフがある。それが「使嗾《しそう》」(つまり「唆《そそのか》すこと」)である。そこに、何かしらいわく言いがたい悪の根源性が潜んでいると感じたのだ。そしていつもの思い込みの激しさから、そこにもまた、ドストエフスキーの「神秘」を予感したのだった。

しかし最終的にこの「使嗾」のもつ意味に辿りつくのに、それから三十年の歳月が必要となった。三十年後、すなわち五十代に入ったわたしが、自分の青春を振り返りドストエフスキーへの思いを解凍したいと願ったとき、かつて若いなりに「根源的」と感じた「使嗾」の意味をもういちど問い直さなくてはならないと思った。言葉は少し大げさに聞こえようが、しかし、ともかくもそれは、ある意味で「原点」からの再出発だったということだ。

V　ウリヤノフスク事件

プーシキン・メダル授章式(一)　二〇〇八年十一月、モスクワ

とうとう、ここにたどり着いてしまった。

クレムリン宮殿内の数ある広間のなかで最大の広さと威容を誇るゲオルギーの間。帝政ロシア時代、武勲を立てた軍人に聖ゲオルギーの名を冠した勲章が授けられた場であり、今日では大統領の就任式など国家的セレモニーが催される場として知られている。広さ二千平米を超え、天井の高さとなるともう想像もつかない。アジアから来た一介のロシア文学者がそんな由緒ある場所に招かれるなどというのは、悪い冗談か、偶然のいたずら以外の何ものでもない。

厳重なチェックを受け、豪奢な控えの間をいくつか通りぬけて純白の広間に足を踏み入れるや、たちまち頭のなかが真っ白になった。これもおそらくは一種の「高所恐怖症」だったのではないか。大丈夫と自分に言い聞かせるようにして、ひな壇正面の丸テーブルに腰をおろし、大統領の入場を待った……。

それにしても何という数奇な旅が現出したものか。前週の金曜日、同じモスクワにある国立外国文献図書館でドストエフスキーに関する講演をおこなってから、ものの五日と経たないうちに、わたしはまたモスクワに来て、クレムリン宮殿のど真ん中にいる。

そもそもの経緯を記しておこう。

十月半ば、在京のロシア大使館から、十一月四日の「ロシア統一記念日」にぜひモスクワにお出かけ下さい、大統領がお会いになります、との電話が入った。理由を尋ねると、いまは申し上げられないが、「サプライズ」があります、と妙にかしこまった答えが戻ってきた。たいへん光栄に思うが、二週続けてのモスクワ行きはかなりむずかしい、と伝えた。すると、そこを何とかご都合していただければと念を押すような調子でいう。

結局、正確な理由は何もわからないまま、ビザ申請の手続きをとった。ふたたび憂鬱な気分が襲ってきた。いよいよ明後日に出発が迫った十月の末日、ロシア大統領府の公式サイトにアクセスすると(予感がした)、友好勲章とプーシキン・メダルの受章者のリストが発表されている。前者のリストには、世界的なインスタレーションの巨匠イリヤ・カバコフ夫妻、ドイツの演出家ペーター・シュタインら数名の名前があった。他方、プーシキン・メダルはどうやら、わたしだけらしい。受章の理由は記されておらず、こちらで勝手に想像するしかなかった。

それにしても、何とも呆れた「サプライズ」の演出だった。かつて古きソ連時代のスターリン賞も、個人への通知など後回しにして、いきなり党機関紙や国営ラジオでアナウンスされたという。そう思うと、なぜか逆に気分がほぐれてきた。

十一月二日、シェレメチエヴォ空港に到着したわたしは、そのまま車でZホテルに向かい、モスクワの中心を一望できるスイートに案内された。これはどうみても場違いというしかなかった。そもそもロシアの公的機関からこんな「厚遇」を受ける日が来るなど、とても想像できないことだった。少なくとも数年前までは……なぜならわたしの脛《すね》には拭うにぬぐえない古傷があったからだ。

セレモニー開始の時刻が近づいてくる。同じテーブルを囲んでいるのは、アレクシー二世総主教、「ロシアの世界」基金理事長、そしてカバコフ夫妻。向かいの空席は大統領の席にちがいない。

やがて、ファンファーレが鳴り、参列者の目がいっせいに扉口へと向けられた。わたしはふたたび奇妙な非現実感に襲われ、四半世紀近く前の古傷がまたしても小さく疼《うず》きだすのを感じた。あのとき、レーニンの故郷ウリヤノフスク(現シンビルスク)のホテルで、恐怖のあまり死ぬことまで考えたわたしが、なぜ、いま、ここにいるのか。ありえない、ありえない、そう心の中で呟《つぶや》きながら、ひな壇に颯爽とした足どりで近づいてくる大統領のほうに向き直った。わたしの長い人生で、奇怪この上ない一日がはじまった。

事件の発端

一九八四年八月、ウリヤノフスク

暮れなずむ夕日を車窓に眺めるうち、わたしはいつしか、ロシアの大地に見入っていた。髪をすいたように、なだらかに起伏をうつ大地がそこにあった。夕日を浴び、ナナカマドの実が真っ赤に燃えていた。やがてコンパートメントに据えつけられたラジオから午後四時のニュースが流れた。わたしの耳は、ロサンゼルス五輪が閉幕したとのニュースをすばやくキャッチした。旧共産圏の国々がボイコットしたこの五輪に、わたし自身、とくにつよい関心を抱くことはなかったが、最終日に予定されていたマラソン種目だけは特別だった。悲しいことに、ラジオのアナウンサーが伝える上位入賞者に、わたしの好きな「瀬古《せこ》」の名前はなく、それまでいちども耳にしたことのないポルトガル選手が優勝したことを知ってショックを覚えた。しかし、その驚きも、一瞬の訝《いぶか》しさも、ラジオから蜜のように流れつづけるロシア民謡とウオッカの酔いにいつしか紛れてしまった。

六月末に母が死んでから一月半が過ぎようとしていた。帰国を諦めたわたしは、モスクワ川のほとりで泣きに泣いて、親不孝を詫びた。その悲しさを、せめてこのヴォルガへの旅で癒やしたいと願っていた……。

列車がレーニンの故郷ウリヤノフスクに着いたのが翌朝の五時。駅頭でタクシーを拾い、ホテルにチェックインするなり、わたしはすぐさまベッドに倒れこむ。前日のウオッカの酔いがまだ残っていたのだ。

昼過ぎ、やっとの思いでベッドから下りたわたしは、翌日のフライトを確認しようと一階ロビーにある国営旅行社のオフィスに立ち寄った。事務的な話が終わると、ジエーニャという名の係の女性が笑顔でランチに誘ってきた。「わたしがごちそうします」。何かしら情報収集の目的でもあるのか、と疑心暗鬼が先に立ったが、素直に誘いにしたがった。だだっ広いレストラン・ホールには、数えるほどしか客の姿がない。

「フレーブニコフという詩人をご存じですか？」

わたしは何やら弁解がましく、ウリヤノフスク訪問の理由を告げる。わたしがいま研究している未来派の詩人は、十代半ばにこの町に滞在し、窓にはゴザをかけるほど引きこもりの生活を送っていました……。

午後二時過ぎ、腹ごなしのつもりでふらりとホテルを出たわたしは、ヴォルガにかかる橋の上から何枚もの写真をカメラに収めた。と、そのとき、橋げたの林の陰からちらりと人影がのぞいたような気がした。銃を抱えた二人の兵士がこちらを手招きしている。「降りてこい」のサインだ。逃げも隠れもできなかった。わたしは、思わず「ぼく?」とひとり言のように小声で答え、人差指を自分に向けた。無言の手招きがつづく。もはや命令に従うしかない。橋のたもとの哨所《しょうしょ》につづく急な階段をかけおりるや、パスポート、カメラ、その他すべての貴重品をただちに没収された。

約一時間ほどして予備の取り調べがはじまった。名前、国籍、年齢、旅行の目的など型どおりの質問を終えると、主任の係官が、「おかげで仕事ができましたよ」と呟くように言った。軽いユーモアの混じるその一言でつかのまながら恐怖は消えた。が、それからが本番だった。わたしは黒塗りの車に乗せられ、ウリヤノフスク市の中心部にある内務省に連れて行かれた。そこで本格的な取り調べが始まった。

わたしの人生でかりに「地獄」と呼ぶことが許される経験があるとすれば、まさにそのときである。待ち時間も含め、総計六時間におよぶ尋問のなかで、わたしにスパイの嫌疑がかけられていることがはっきりと理解できた。わたしが立っていた橋は、戦略上きわめて重大な意味をもつ軍事基地に通じていた。

「なぜ、禁止区域に入ったのか」

「なぜヴォルガの写真を撮ったのか」

尋問は際限なかった。やがて決定的な一言が出る。

「あなたはソ連の法をあけすけに侵犯した。だからあの場で射殺されても文句はいえない」

わたしは答えた。

「ヴォルガの岸に舞っている蝶の群れを撮りました。わたしが研究する詩人に、蝶をモチーフにしたすばらしい詩があるのです」

われながら、その返答のあまりのばかばかしさに絶望した。黒メガネの係官は、吐き捨てるように呟いた。

「子どものロジックだ」

尋問

一九八四年八月、ウリヤノフスク

ウリヤノフスク市内にある内務省で尋問を受け、ホテルに戻されたのは、その日の午後八時過ぎ――。取り調べの終わりに、黒ぶちのメガネをかけた係官は、調書へのサインをもとめ、わたしにこう伝えた。

「あなたの処遇は、所持品の検査とフィルムの内容を調査した上で明日の昼に通知します。それまで一歩もホテルから離れてはいけません」

その日の夜から翌日の十二時までわたしは、ベッドに倒れこんだまま、半ば朦朧《もうろう》とした状態で考えつづけた。モスクワを出てからこの二十四時間の間に撮った写真の内容を一枚一枚反芻《はんすう》し、帰国する友人から譲りうけた闇のルーブル札のことを思った。モスクワの滞在先であるアカデミーホテルが家宅捜索されている光景が浮かんできた。何がなんでもスパイではない、と言いきれる自信はあった。しかしスパイであるかどうかの問題は、本人の自覚とかかわりなく、あくまで外部からの判断にゆだねられるべき性質のものだ。だからわたしは、ことによると、一個の記号としては純然たるスパイだったのかもしれない。あの黒メガネの係官の脅し文句が執拗に鳴りひびく。

「あなたはソ連の法をあけすけに侵犯した。だから……」

かりにもし、正式にスパイとして「認定」されたら、モスクワへはおろか、即刻日本に強制送還という事態になりかねない。

夜の十二時近く、わたしはもうだめかもしれない、この嫌疑はぬぐいきれないかもしれない、と絶望した。わたしは運命を呪った。なぜ、あのとき、ドストエフスキーを捨て、フレーブニコフなどという、ロシア人さえろくに知らない未来派詩人を選んでしまったのか。本来なら、来なくてもよいウリヤノフスクの町に来てしまったのか。ことによると、日本政府はわたしにひそかにスパイとしての任務を与えていたのではないか。と、考えがそこまで及んだとき、黒々とした考えがふいに脳裏をかすめた。

死んだほうがましだ……。

次の瞬間、その黒い力を溶かしこもうとする別の明るい力が湧きあがってくるのを感じた。それこそは生命だった。人間が生きているかぎり、けっして消えることのない根源的な力、根源的な単位――。

気分転換を図ってシャワーを浴び浴室から出ようとした瞬間、愕然とした。抜け落ちた髪の毛で、浴槽の底が真っ黒に変わっていたのだ。

翌朝の九時近く軽い眠りが訪れてきたが、十一時過ぎには完全に眠りから覚めていた。着がえをすませ、「判決」の時を待った。不思議に動揺はない。十二時少し過ぎ、国営旅行社のオフィスから連絡が入った。

「お許しが出たわ、旅は続けてもよいそうよ」

ジェーニャの声は明るかった。

解放の時が訪れてきた。体中に喜びが湧き起こるのを感じた。その日の午後、わたしは、晴々とした気分でヴォルガのほとりに建つレーニン・メモリアルを訪れた。思想改造を強いられる囚人のように、わたしは従順だった。十代半ばの少年少女たちによる衛兵交代のセレモニーを見ながら、レーニンの故郷でわたしだけが深く汚れているという罪の感覚にからめとられていた。

だが、解放の時は長く続かなかった。ことによると、わたしは「許されて」などいず、たんに泳がされているだけなのではないか、敵は、わたしの行動を逐一監視し、旅行中で接触する相手との関係を探ろうという腹ではないのか。ああ、恐怖と安堵の二進法……。

翌朝、ウリヤノフスク空港を飛び立ったわたしは、次の訪問地ヴォルゴグラードに向かった。わたしは再び、新しい妄想域にはまり込んでいた。

「あなたはソ連の法をあけすけに侵犯した」――。

内務省での尋問の際に脳裏をかすめた大韓航空機事件との連想が頭から離れない。外国人旅行者であるわたしには、指定されたこの飛行機に乗る以外、いっさいの選択肢をうばわれ、運命という一本の道をあるきつづけていくことだけが許されている。薄雲の下を、恐怖と化したヴォルガが蛇のように悩ましく身をくねらせている……。

社会主義の神

一九八四年八月、ヴォルゴグラード

モスクワ・レーニン図書館(現ロシア国立図書館)のほの暗い閲覧室で過ごしたおよそ半年の日々、わたしはなんど色あせた百科事典のAの項目をさぐり、分厚い地図帳を広げては、遠い詩人の故郷に思いをはせたことか。母なるヴォルガが二百近い支流に枝分かれし、世界最大の湖カスピ海へ流れそそぐA、アストラハン、透きとおる青空を背に蓮の花が咲きみだれ、フラミンゴの群れが清楚なシルエットを浮かべる幻想のトポス——。

国営旅行社に足をはこび、ロシア人の友だちに働きかけ、ありとあらゆる努力を重ねてアストラハン行きのチャンスを探りつづけてきた。だが、システムの「壁」は厚く、どんな小さな穴を穿つことも絶望的にむずかしいことがわかった。当時、アストラハンは、ソ連国内に無数にちらばる「閉鎖都市」の一つで、「外国人用のホテルがない」という理不尽な理由から、半年のモスクワ留学に賭けた宿望はあえなく阻まれた。

だから、第二の訪問地ヴォルゴグラードにも、さして期待を抱くことはなかった。かつて帝政ロシア時代、チュルク語起源で「黄色い水」を意味するツァリーツィンの名で呼ばれたこの町は、ソ連初期にスターリングラードと改称され、スターリンの死から八年を経て、「ヴォルガの町」の名称を与えられた。モスクワ北部ヴァルダイ丘陵に源を発するヴォルガは、タタールスタン共和国の首都カザンで南に大きくカーブを切り、そこから約千キロ隔てたこのヴォルゴグラードで最後のコーナーにさしかかる。第一次大戦時、たまたまこの町で応召した詩人フレーブニコフは、兵士として完全な無能をさらし、「子どもが滅びるように、ぼくは死んだ」とその絶望を詩につづった……。

ヴォルゴグラード空港に降り立ったわたしは、恐怖と安堵の二進法が、ますます神経質なリズムを刻みはじめるのに気づいた。独ソ戦時代の歴史記念物を見物してまわるわたしの心のうちから、偽善者という得体のしれない罪意識が消えることはなかった。自分の行動がスパイのそれに似ることはないかと警戒しつづけるうち、逆に自分が本物のスパイであるかのような錯覚に陥っていった。

激戦地「ママエフの丘」に立ち、はるか遠くにヴォルガを望んだとき、罪意識は頂点に達した。丘の頂には、「母なる祖国」の名をもつ高さ八十メートルの巨大な彫像がそびえ立っていた。剣を右手にもち、大きく両手を広げて兵士たちを戦場に誘う母なる女性の像である。ドーム型をなしている霊廟の中央には、「永遠の火」の松明を握りしめた鋼鉄の拳が地面から突き出している。ああ、何という厳粛さに満ちた、死者と死への崇敬。わたしは、すぐにもその場にひれふし、名づけえない神に、身には覚えのない罪を告白したい衝動にかられていた。

わたしが冒瀆した相手がだれか、はっきりわかっていた。それは、ほかでもない、社会主義の神であり、その神に殉じた無数の死者たちである。社会主義を、祖国を守ろうとした五十万人の死者の呪いが体全体に覆いかぶさってくるようだった。もしも、資本主義という「邪悪な」神と戦う社会主義の神がなければ、彼らもあそこまでおのれを空しくして戦いつづけることはなかったろう。それともこの戦の現場にはもはや資本主義も社会主義もなく、ただひたすらおのれのサバイバルを賭けたむきだしの本能同士の戦いがあったにすぎないのか。

たしかにそう、むきだしの戦いがあった。六十万の人口が、半年後には千五百人に激減していたというから、まさに地獄が現出していたのだ。彼らは、死をもってその地獄に耐えた。そして戦後四十年を経てなお生者たちは(少年や少女たちさえ)、けっして触れることを許さない神聖な傷としてその事実を静かに受けとめ、長くない余生を生きていた。それにしても、死者と死に対するこの神聖な感情はどこから来ていたのか。ロシアか、社会主義か。資本主義国からやってきたわたしに、何がわかったというのか。

恐怖の帰路

一九八四年八月、ハリコフ

二〇〇九年のいま、ウリヤノフスク（現シンビルスク）の町を流れる美しいヴォルガや、その上にかかる橋をウェブ上で見ることができる。そこには、わたしが拘束され、ことによると、銃殺されたかもしれない現場も映しだされている。奇妙な感じである。すべてがあっけらかんとし、何ひとつ秘密めいた匂いはない。要するに、「敵」が問題にしたのは、あくまでわたしの脳裏に隠された「意図」だったのだ。

ウリヤノフスクでの事件から五年後、わたしは『甦るフレーブニコフ』という評伝を書きあげ、この未来派詩人の研究にけりをつけた。まもなく関心はスターリン時代へとうつり、独裁下に生きた詩人や芸術家たちの作品における「二枚舌」の研究にとりかかった。わたしの選択はある意味で必然の道のりだったし、それなりに自信もあった。恐怖と傷の共有から生まれた自信とでもいうのだろうか――。

面白いことに、わたしが熱中した詩人や芸術家たちは、その卓越した名声とはうらはらに、ある屈折したスターリン崇拝の一時期を過ごしていた。その屈折のありように、「二枚舌」という言葉を当てはめることを考えたのは、はるか時が経ってからのことである。ここでいう「二枚舌」は、むろん、権力者に対して嘘をつくといった一義的な意味ではない。なぜなら、独裁者を称える営みなしにこの時代を生き延びることは不可能だったし、優れた芸術家であればあるほど、賛美のレトリックは研ぎ澄まされて、独裁者との一体性は一面でより強固なものになったからだ。少なくとも彼らの芸術に接する市民の目にはそう映った。厳しい検閲システムが存在するなかで、アイロニーの毒でもって相手を称えるなどという高度な芸を駆使することは不可能だった。なによりも独裁者みずからが、芸術家以上にアイロニカルだったからである。

さて、一九八四年八月、わたしの旅は続いていた。ヴォルゴグラードに二日滞在したあと、わたしはやはり飛行機で（撃墜の恐怖に悩まされながら）、ウクライナの旧首都ハリコフに向かった。わたしはもう、運命が定めたルートを歩きつづける囚人だった。ハリコフのホテルにチェックインして間もなく、二度、ノックもなしにいきなり部屋のドアが開き、薄汚いジャケット姿の男が、足を半歩踏み入れ、「失礼」の一言もなく出ていく「事件」が起こった。監視であり、威嚇であることはまちがいなかった。模範的な旅行者を装うため、とくに興味もないサーカス見物に出かけることにした。サーカス場では、ピエロや熊たちの演技にろくに目を向けず、ただひたすら、場内のどこかから、わたしを観察しつづける目を探り出そうとしていた。

モスクワに帰る日の午後、国営旅行社から急遽列車の変更を告げられた。不吉な予感にかられて、ホテルのロビー(そこなら盗聴の恐れはなかった)からモスクワに電話をかけた。

「明日の朝五時にクールスク駅に着きます。万が一その列車に乗っていなかったらすぐに……」

恐怖に凍る思いでコンパートメントに入る。と、そこに腰をおろしていたのは、乳飲み子を抱えた、三十前後と思しき若い女性だった。あわてて廊下に出てコンパートメントの番号を確かめるが、間違いはない。わたしはほっと胸をなでおろした。次の瞬間、これは罠かもしれない、という思いが頭を走りぬけた。でも、そのときは、この赤ちゃんを楯に……。

挨拶もろくにせず、そそくさと上段のベッドに上がったわたしは、コンパートメントの壁に体を擦り寄せ、鉄のスキットルに入ったウイスキーに口をつけた。疲労とストレスのせいか、発車と同時に心地よい眠気が襲ってきた。無防備な気分になれる自分が妙に心地よかった。殺される心配はもうない……。その夜、わたしは、ガタンゴトンと揺れる列車のなかでミルク臭い排泄物の匂いに何度も目覚めさせられながら、奇妙な安堵に満ちた一夜を過ごした。

モスクワに戻ってから一週間ほどして、受け入れ先のソ連科学アカデミーの国際課から呼び出しがかかった。担当の係官は愛想よくわたしに尋ねた。

「旅行はいかがでしたか?」

わたしは、そしらぬ顔で「ええ、楽しい旅でしたよ」と答えた。すると相手の声の調子ががらりと一変した。

「ウリヤノフスクで何があったんです?」

甘い傷の疼き

一九八四年九月、ナホトカ

あの恥ずべき事件を自分から口にすることは耐えがたかった。帰国までの残り一月半、わたしはモスクワの友人のだれにもこの恥辱を告げずにおこうと心に決めた。宿泊先のアカデミーホテルの電話が盗聴され、尾行がついていることは明らかだった。町中でパトカーが駐車し、無線を手にした民警の姿を見かけるだけで鳥肌が立った。

九月に入ってまもなく、科学アカデミーの国際課から再び電話が入る。日本を出る前に事前申請してあったアゼルバイジャン共和国の首都バクーへの調査旅行を許可するという。将来書かれるはずの詩人の伝記にとって、「火の国」の都バクーを扱う章がいかに重要な意味を帯びているとはいえ、帰国をまぢかに控えた新たな旅行は気が重かった。そこで、歴史学者の友人O氏に相談をもちかけることにした。昼は、歴史学研究所で農業集団化の資料をあさり、夜は、ウイスキーのグラスを片手に、詩人ヴィソツキーの歌を吟じるじつに魅力的な友人だった。わたしは、ウリヤノフスクでの事件を細部にいたるまで話したうえで、バクー行きの是非について判断をあおいだ。

「泳がされている可能性がある、やめたほうがいい」

それが彼の判断だった。

O氏とのやりとりのなかで、ウリヤノフスクでの事件以降、わたしが経験した奇妙な自己分裂について告白した。他人に疑いをもたれることの恐ろしさとは、人間がその疑いに自分から進んで同意しようとする不可解な衝動にある、いったんスパイの嫌疑をかけられた人間は、嫌疑それ自体によって逆に自分がスパイではないかとの自己暗示に陥っていく、と。

するとO氏は、スターリン時代にスパイ容疑で粛清された政治家にその話を重ねあわせ、こう解説してくれた。あの恐ろしい時代、最終的に無実の罪を自白した人々は、ある根源的な部分で「罪」を自覚していたのかもしれない、自白は、功妙な尋問や厳しい拷問だけが理由ではなく、社会主義という至高の理念に照らし、自分を決定的に罪深いと感じた結果かもしれない、と。わたしはそこで手を打って叫んだ。

「そうです」――。

九月の終わり、わたしは、シェレメチエヴォ空港からハバロフスク行きの飛行機に乗り、さらに十時間の列車の旅を経てナホトカに着いた。ナホトカの港でも出国直前の逮捕という恐怖におびえていた。乗船から一時間、横浜行きの船が錨を上げる音を確かめて船室からデッキに出た。追いすがるカモメたちがやけに煩わしく、「早く、早く！」と心の中で叫びつづけた。やがて視界から港のシルエットが消え、夜の帳《とばり》が海を覆うにいたって、ようやく体の底から解放の喜びがこみあげてきた。もう二度とソ連の土を踏むことはない、そもそもソ連という国が存在するかぎり、ブラックリストからわたしの名前が消えるはずもない……。

わたしにとって一九八四年の物語はこれで終わりである。だが、事件の記憶は、それからもしばらく心のなかに留まりつづけ、一度ならず悪夢にうなされたことがあった。だが、どのような傷も甘い疼《うず》きを伴うものらしい。帰国後、わたしはなぜか好んでスパイ映画を観るようになった。そして十二年後、テオ・アンゲロプロス監督の『ユリシーズの瞳』を観たとき、ウリヤノフスクの傷がまだ完全には癒え切っていないことを悟った。バルカン半島が生んだ最初の映画作家マナキス兄弟に関する映画を製作するため故郷ギリシャにもどったひとりの映画監督が、取材旅行のさなか、パスポートの不備を理由にブルガリアとの国境で厳しい検問に曝される。そこで唐突にも、第二次大戦のさなか、ブルガリア陸軍から国家反逆罪で銃殺刑を下されたマナキス兄の霊が彼に乗りうつってくる……。

事件から二十五年、わたしはいまだに、ロシアへの入国とロシアからの出国の際に通過しなければならない一坪ほどのガラス張りの空間に恐怖を感じる。モスグリーンの制服を身につけた国境警備隊員の疑いに満ちた目でにらまれた瞬間、わたしは、一瞬、身に覚えのない罪の意識に凍りつく。

プーシキン・メダル授章式(二)　二〇〇八年十一月、モスクワ

とうとう、ここにたどり着いてしまった。

プーシキン・メダル授章式の会場は、帝政ロシア時代の王侯貴族たちの社交場にふさわしい典雅な気品に満ちて、「赤いツァーリ」と呼ばれた歴代のソ連指導者がこの純白の大広間に軍服姿で現れる光景はなかなか想像しがたかった。瞼《まぶた》に浮かんでくるのは、やはり純白のドレスに身を包んだ貴婦人たちが優雅な音楽に合わせて制服姿の高級士官たちとワルツやマズルカに興じる姿だった。

不意にどこからともなくファンファーレが鳴りひびき、参列者の目が左手の入り口に釘づけになった。ロシアの最高権力者は、機械的ともいえる小刻みな足どりでひな壇に向かい、やがてマイクの前に立った。「正面をふり向かないように」と係員から事前に注意を受けていたわたしは、一瞬、躊躇したものの、人々の視線に釣り込まれるようにして、その人の一挙一動に見入った。

「わたしたちは、協働作業と統一に向けたあなた方の努力を理解しており、あなた方がいかに大きな熱意と開かれた心でわたしたちのプログラムに呼応し、ご自分のプロジェクトを提示してくださっているか痛感しています」

祝辞につづいてメダル授与のセレモニーに移った。受章者の名前が呼びあげられるたびに、どこからともなくファンファーレが鳴りひびく。ひな壇に立った受章者は、まるで親しい知人からバースデーのプレゼントを受けるような気やすさで胸にメダルをつけてもらい、会場に軽く一礼してひな壇を去っていく。

受章者を呼ぶアナウンスの声は、どこか戦時下の臨時ニュースのようにおごそかで物々しかったが、期待したほどの感動はなかった。ひな壇に立ったわたしは、大統領の顔に浮かぶ笑みがほんものかどうかを見極めたいと願った。二十五年前のブラックリストがいまも存在するか、どうか、それでわかるはずだ。どこかはにかみを含んだ笑みを浮かべ、胸にメダルをつけてくれた大統領に、わたしは「スパシーバ」と感謝の一言を呟き、大広間に向かって一礼した。

祝宴のメニューは、必ずしも豪勢というわけではなかったが、乾杯のスパークリングワインだけはなかなか高価なものだったように思う。前菜は、帆立と海藻サラダ、次に、ザクロを添えたヒラメのソティ、そして酢漬けのポテトを添えた仔牛の料理、デザートは、ハッカ風味のイチゴスープ。

宴もたけなわとなって、コンサートの部に入った。メイン・ゲストとして登場したトランペット奏者ナカリャコフは「ヴェネツィアのカーニバル」を、ソプラノ歌手ゲルズマーワはラフマニノフの歌曲をそれぞれ披露した。宴は一時間半で終わり、大統領は同じテーブルを囲んだ人々と握手を交わしてから、拍手に送られて大広間を去った。

外は、本格的な冬の到来を思わせる冷たい風が吹き、庭園の外れに「現代」製のマイクロバスが待機している。後ろから、ゆっくりした足取りでカバコフ夫妻が近づいてくる。ソ連時代、当局から執拗ないやがらせを受け、亡命を余儀なくされたインスタレーションの巨匠にとって、今日の式典がどれほどの意味を持つものなのか、わたしにはわからなかった。一切のイデオロギーを相対化することを至高の原理とみなす彼にとって、すべては芸術的な好奇心の対象にすぎなかったかもしれない。

それにしても、心のうちにわだかまるこの後ろめたさは何なのだろうか。ソ連という国が地球から消えた以上、わたしのスパイ容疑などもはや何ら意味をなさないはずではないか。大統領の笑みにも偽りはなかった。結局のところ、それは、自分が、偽物にすぎない、僭称者にすぎないというより根源的な疑い、自己同一化の欠落から来ているのかもしれない。

午後十時過ぎ、ホテルに戻ったわたしは、半ば機械的に『罪と罰』のゲラを狭いテーブルの上に広げ、赤のボールペンで校正の作業に入る。わたしはいつから、これほどにも救いがたい仕事の虫に変じてしまったのか……。いや、自分にはもう、そこにしか安心して戻れる場所がなかったのだ。

Ⅵ　カタストロフィ

「怒りの日」　二〇〇一年九月、ロンドン

ロンドンの中心に広がるハイドパークは、わたしが一瞬、世界の終わりを幻視した場所である。けっして大げさな言い方をしているわけではない。

忘れもしない、その日の夕刻、青のラインの地下鉄で、ロンドンの夏の風物詩として知られる「BBCプロムス」のコンサート会場へ急いでいたわたしは、車内の雰囲気が妙な感じなのに気づいた。ドア付近で固まりをなしているスペイン人らしい若い女性バックパッカーたちが、何かしらため息まじりにつぶやいている。そこでふと、向かいの席の老紳士が手にしているタブロイド紙に目をやった。逆さになった英語の見出しが飛び込んできた。「アタック・オン・アメリカ」――。わたしの脳裏に奇妙な連想が起こった。昨晩、ロンドン市内のどこかでK-1の世界選手権でもあったのか、と……。

そして次の瞬間、わたしは思わず息をのんだ。おもむろに折り返された新聞の下半

分から、きのこ雲のような無気味な煙に包まれ、黒く焼けただれたビルの写真が現れたのだ。取り返しのつかない事態が「アメリカ」で起こった、ととっさに予感した。わたしはただちに地下鉄を降り、キオスクに走って何種類かの夕刊を買い求めた。

もはやコンサートどころではなかった。予定されていた曲目は、ベルリオーズの幻想交響曲。いたたまれない思いで地下鉄の出口を探し、人気のない公園に入る。太陽はすでに落ち、夕闇はすみやかに濃さをまして、活字を追うのもままならない。

「ツインタワー内の犠牲者は、三万人に達する恐れが……」

ひと通り記事を読み終えたわたしは、淡いオレンジ色に染まる西の空を見やった。ヒースロー空港を離着陸する飛行機の影が、フワフワと心もとない感じで交錯する。《ハルマゲドン(世界終末戦争)が起こる》というせっぱつまった予感とともに、映画『ターミネーター2』の主人公さながら、世界が滅びさる光景がなまめかしく眼前に浮かびあがってくる。空港を飛び立ったあの飛行機も、五分後にはミサイルの攻撃を受け、十分後には核爆弾が炸裂して、ロンドンは火の海と化す……。

「BBCプロムス」の会場には、十五分ほど遅れて入った。コンサートはすでに始まり、プログラムにない曲が演奏されていた。ベートーヴェンの交響曲第三番から第二楽章「葬送行進曲」だった。指揮者は、ポーランド生まれのドイツ人指揮者クリストフ・エッシェンバッハ。

メーンの幻想交響曲は、まさに鬼気迫る演奏だった。むろんわたし自身の特異な心理状態もあったろう。聴衆の多くは、すでにツインタワー崩落のシーンをテレビで観てこの会場に訪れてきているはずだが、わたしはちがった。だからいっそうヒステリックな状態にあったにちがいない。第五楽章「ワルプルギスの夜の夢」まで来て、凄絶ともいっていい管楽器群の響きに打たれるうち、運命のいたずらといおうか、恐ろしい偶然の一致に気づかされた。この楽章のライトモチーフに用いられたグレゴリオ聖歌「怒りの日」こそ、「世界の終わり」を描いた音楽ではなかったか。

その夜、ホテルに戻ったわたしは、テレビで繰り返しタワー崩落のシーンを見るうち、いつしか眠りに落ちた。翌朝、ふだんより早く目を覚まし、軽い朝食を終えてから、パソコンの画面に向かった。いまのこの瞬間、心の中におのずから宿る言葉を書き記したいと願ったのだ。

「神は死んだ、身体は死んだ、かわりにわたしたちが神になった」

そして再びテレビ画面に見入るうち、思いがけず、『悪霊』のある場面が思い起こされてきた。そのくだりをいま具体的に書き記すことはしない。崩落しはじめるタワーから、叩き落とされたハエのように落下していく「ダイバー」たちの影は、ほんとうに人間の影なのだろうか。

ああ、これこそは『悪霊』の主人公が見たいと念じていた光景ではなかったろうか。この世の地獄をのぞきこもうとアイスランドにまで旅し、休火山の火口に立った悪魔、ニコライ・スタヴローギンが……。

汚れた青空の下で

一九七六年八月、セミパラチンスク

わたしはいま、三十年以上前の夏にわずか数時間過ごしただけの小さな町の空港の記憶をたぐり寄せている。記憶は生きものである。完全に忘れさったと思っていた過去が、現像液に浸された印画紙のように静かに少しずつ甦ってくる。

モスクワからハバロフスクに向かうイリューシン機が、なぜか、中国国境に近いセミパラチンスクの空港に緊急着陸した。理由はアナウンスされなかったが、とくに不安は感じなかった。機内から出された旅行者たちは、アジア系の雑多な顔たちが行き来する空港ロビーで、ぽっかりと空いた三時間を持て余すことになった。

セミパラチンスクと聞いて、胸が躍った。ドストエフスキーとの「決別」からまだ五年と経過していなかったせいもある。ニコライ一世の恩赦で死刑をまぬがれ、シベリア・オムスク監獄での四年間にわたる徒刑を終えた作家は、イルトゥィシ川のほとりにあるこの町の国境警備隊に配属されてきた。やがて彼は、この町で飲んだくれの県庁書記と知り合い、美しい妻マリアに強い憐れみと同情を覚えた。

役人一家はまもなく、町から北に五百キロ離れたクズネーツクという町に職を得、夫妻との別離がまぢかに迫った。その知らせを聞いたドストエフスキーは、「子どものように」大声を上げて泣きじゃくったという。

ところが、クズネーツクに移るとまもなく、夫のイサーエフは急死し、愛するマリアに新たな求婚者の出現を匂わせる手紙が届けられる。当時、ドストエフスキーは書いている。

「彼女はぼくの天使です。彼女を失うようなことがあったら、ぼくはだめになります。気が狂うか、イルトゥィシ川に飛びこむかです！」

恋の真実というのは、傍から見るものには分からない。どこか子どもじみたドストエフスキーの熱意に、さすがのマリアも心を動かされることがあったのだろう。約二年間、彼女は二人を天秤にかけ、決心を先送りしている。そしてついに、ドストエフスキーの執念が勝利をおさめた。

ところが、二人の結婚は、不吉なスタートを切ることになった。新婚旅行からの帰り道、激烈な癲癇《てんかん》の発作が夫ドストエフスキーを見舞ったのだ。十八の年に父死すの知らせに接して以来、これほど激しい発作は記憶になかった。では、なぜ、幸せの絶頂で、この発作は起こったのか。

わたしはいま、こんなふうに推測する。作家にとって結婚は、「父殺し」と同じ意味を持っていたのではないか、恋のライバルをおしのけて成就された幸福が彼にとって意味していたのは、まさに「父殺し」ではなかったか、と。彼が、妻に迎えた女性の名が母親と同じマリアであったことも暗示的である。

限りなくドストエフスキーの近くにいる、というえもいわれぬ喜びにかられ、空港ロビーから出て空をあおいだ。そこには、抜けるような、という形容詞がふさわしいコバルトブルーの空があった。しかし、空港ビルの周辺にはみごとなまでに何もなかった。

ところが、百メートルほども足をのばしたところで、一瞬、われに返った。この町にまつわる、別の恐ろしい事実を思いだしたのだ。その事実に気づいた瞬間、コバルトブルーの空から無数の小さなコバルト片が降ってくるような錯覚が襲ってきた。何をしているのだ、と思い、わたしは慌ててきびすをかえした。太陽光をぐっしょり浴びたわたしは、もう全身が汚染されたような錯覚のなかで体がほてり、冷や汗が吹き出てくるのを感じた……。

恐ろしい数値が記録されている。わたしが生まれた一九四九年からソ連崩壊時までの約四十年間に行われた核実験の回数は四百五十六回、被曝者の数、百二十万人、いまも後遺症に苦しんでいる人々三十万人……。

あの夏、あの空港でわたしが目にしたアジア系の多くの顔が、ことによると、その後、核の苦しみとまともに対峙せざるをえなかったかもしれない。

健やかな午睡　二〇〇九年八月、広島

強烈な夏の日差しのなかに広島があった。太陽がもろもろの生命の泉であることを感じさせずにはおかない眩しい光に満ちていた。その日、ホテルを出たわたしは、講演会場となっている県立美術館に向かう道すがら、平和記念資料館に立ち寄ることを思いたった。そして資料館につづく白い敷石を渡りながら、太陽の輝きが、死の輝きへと一瞬のうちに化してしまったあの日の呪わしさに思いを寄せた。

だが、資料館に足を踏み入れるや、そこはもう別世界だった。重く悲しい展示資料のまわりに、息苦しくなるほど生気がみなぎっている。「原爆忌」が近いせいもあるのか、老若男女にまじってひときわ外国人の姿も目だち、広島が、世界史の事件であることを改めて悟らされた。

館内をめぐるうち、わたしの脳裏にある光景が浮かんできた。二十五年前の夏に訪れたヴォルゴグラード——。独ソ戦の爪痕を印す市内のモニュメントを見学したあと、

「ママエフの丘」からはるか遠い広島に思いを馳せた。広島の経験がいかに悲惨であったとはいえ、少なくとも数的にはヴォルゴグラードに及ばない。ところが、爪痕の深さという点で、この広島を越えるスケールを想像することはできないと思った。

三十年ぶりに訪れた資料館で心強く感じたことがある。それは、ヴィデオやパネル写真、被災者の所持品の展示を食い入るように見つめる人々の真剣な横顔である。そればかりではない。東館二階の展示室に階段を上りかけたわたしは、乳母車を両手で抱きかかえた若い母親のけなげな姿と、それを手助けする、七、八歳の浅黒い少女の後ろ姿に一瞬見とれてしまった。

その日の午後、国立トレチャコフ美術館展が開催されている県立美術館のホールでは、「恩寵と欲望に引き裂かれて」と題する講演が予定されていた。わたしはそのなかで、ドストエフスキーが生きた十九世紀ロシアの精神文化について概観したあと、イワン・クラムスコイという画家が描いた『見知らぬ女《ひと》』について、自分なりの「発見」を披露する心づもりでいた。ペテルブルグの中心街を背景に、馬車に乗った一人の美しい貴婦人を描いた名画の中の名画だが、あるときその貴婦人の目にうっすらと涙がにじんでいるのに気づいた。にわかな好奇心のとりことなったわたしは、その涙の秘密を探りたいと願い、資料集めにかかった。そしてその作業途中、「境界線上に立つ芸術家」と題する小さなエッセーに接し、クラムスコイとドストエフスキーがなぜ、つよい友情の糸で結ばれていたかを知った。人生の岐路に立たされた人々の苦しみを、クラムスコイほどニュアンス豊かに描ききった画家は見あたらない。心理描写のデリカシーという点で、彼が、ドストエフスキーに優《まさ》るとも劣らない傑出した芸術家だったことがわかる。ちなみに、作家の死に臨み、そのデスマスクを描きとったのもこのクラムスコイだった。

軽い昼食を終え、精神を集中するため展覧会場に入ったわたしは、それまで何度も目にしながら、一度として興味をそそられたことのない一枚のキャンバスから思いがけずつよい働きかけを受けた。それは、有名なドストエフスキーの肖像画で知られるワシーリー・ペローフが描いた『眠る子どもたち』。貧しい百姓家の片隅で二人の少年が健やかな午睡をむさぼっている。そこに描かれている、ほとんど肉感的といってよい、むきだしの、白い足。肉感的という言葉に語弊があるなら、改めよう。これからロシアの大地を走り回る、生命の息吹《いぶき》そのものとしての逞しい足——。

広島に来て、目に見ることのできない死者の霊を感じ、あるいは資料館で、乳母車を押す母親と少女の後ろ姿に出合ったわたしは、いつになく感覚が研ぎ澄まされていたようだ。

決壊

二〇〇九年六月、東京

「だれであっても死者の声を代弁することはできない」――。

若い作家の口から洩れたその力づよい一言にわたしは思わず膝を打った。『罪と罰』を翻訳するなかで絶えず頭にちらついていた問いに対する答えがそこにあった。二人の女性を殺害した主人公を許すことができるのは、果たしてだれなのか。

秋葉原でのあの忌まわしい事件からまだ一年余りしか経っていないのに、何か霞がかかったような印象しか記憶されていない理由がわからなかった。現場の光景もくっきりとは浮かびあがらず、加害者の名すら、いや犠牲者の数すらうろ覚えだった。作家との対談に備えて、せめてその日の記憶ぐらいは辿り直しておこうと、都心に向かう車のなかでパソコンを開き、「秋葉原事件」と検索窓に打ち込んだ。

加害者の青年は、午前八時過ぎＪＲ沼津駅前で二トン車を借り、東名高速と国道二四六号を使って昼の十二時近くに秋葉原近辺に到着している。彼が、無差別テロを開始したのは、十二時三十分前後。青年は、ネットで前々からこの計画を予告し、その日も早朝から逐一自分の行動を書き込んでいたという。

現場をどれほどの恐怖と悲鳴が支配していたのか、強い関心にかられながらも、なかなかウェブ上の情報にアクセスできずにいた。何かしら防衛本能のようなものが働いていたのだろうか(恐ろしいことに、乗鞍岳《のりくらだけ》・畳平《たたみだいら》のバスターミナルで起こった事件は、妙に生々しくこの秋葉原の悲劇との二重写しを生んだ)。

アクセスした記事を読み進むにつれ、いかにも世界一の電脳街らしい秋葉原の光景が浮かびあがってきた。事件当時、路上はシャッター音があふれ、道端でパソコンを開き、現場の映像をHPにアップしている若者の姿も見られたという。

夜七時、四谷にある出版社の会議室でわたしはその若い作家と会った。二〇〇八年の六月に出た小説『決壊』で、この秋葉原事件を予言したとされる平野啓一郎である。対談のおおよその趣旨は、事件から一年、ドストエフスキーの『罪と罰』とからめてこの事件を論じあうという内容だった。

わたしは彼に、『罪と罰』を翻訳するなかで感じた、遺族の欠落という問題について素直に疑問を投げかけてみた。主人公の青年に殺された二人の女性は、血縁性(すなわち遺族)を欠落させ、その死はどこか戦場での死を思わせる。では、だれが彼女たちの恐怖を代弁し、だれがその青年を許すというのか？

平野はこう発言した。

「許しの問題で一番難しいのは、許す本来の主体がもうすでにいないということだと思う」

愛する家族が無残な死をとげ、その痛みから癒されるにはもう加害者の死しかない、という切実な思いも理解できる。そもそも「シラミを殺した」と豪語するラスコーリニコフのように、ひとかけらの悔いもない加害者だって存在するのだ。となると許しは、超越的な神を想定しない限り不可能となる。

思えば、ドストエフスキー自身、血縁者の死に深く傷を負った作家である。農奴に殺された父、癲癇で失った息子……。『カラマーゾフの兄弟』で次男のイワンはこう叫ぶ。わが子を殺された母親にその殺害者を許す権利はない、将来、万物調和が実現しようと、その母親が殺害者と抱き合うことは許されない、と。イワンの主張をパラフレーズすれば、かりに殺害者を許すとして、それができるのは、ひとえに、殺された子どもだけ、ということになる。

平野との対談のなかで、六月八日の記憶が徐々に鮮明になっていった。

その日の朝、家族を乗せて自宅を出たわたしの車は、九時過ぎにはすでに東名高速に入り、沼津方面に向かっていた。久しぶりの家族旅行に気持ちは和んでいた。午後、淡島《あわしま》のマリンパークを訪ね、ロープウェーで葛城山《かつらぎやま》に登ったあと、夕刻の六時過ぎに伊豆長岡の旅館にチェックインした。秋葉原の事件は、ひと風呂を浴び、部屋で夕食がととのうのを待つ間、テレビのニュースで知った。しかし、なぜかわたしのなかにつよいショックは生まれなかった。テレビの映りがひどく悪かったことが理由ではない。

思えば、その日の午前、わたしたちの車が行き合った無数の車のなかに、赤い帯入りの二トン車も混じっていたかもしれない。

「わたしは恥ずかしい」

二〇〇九年十月、郡山

「わたしは恥ずかしい」――。

福島県郡山市に向かう東北新幹線Maxやまびこ113号の車内で、胸の奥からせりあがる言葉を書きとめようと慌ててパソコンを開いた。だが、バッテリーが切れていた。忘れてはいけない、と自分に言い聞かせ、その言葉を念仏のように唱えながら目を閉じた。

出張続きの二週間、愛用の旅行カバンに常に忍ばせておいた小説がある。髙村薫の新作『太陽を曳《ひ》く馬』――。上下二巻、優に七百頁を越えるこの大著を、この郡山市への出張の前日にようやく読み終えたばかりだった。新幹線の車内でも、ラストの余韻が消えずにいて、なぜか、わたし自身が、沖合からの強い風に吹かれ、浜辺に一人立っている光景を想像しつづけていた。

小説の著者と初めて会ったのは、二〇〇九年七月、大阪市中央公会堂で行われた公開討論会の席上だった。八百人近い聴衆の熱気の前で、彼女の声がどこか病み上がりのように沈みがちなのが印象的だった。しかしそんな彼女の、思いがけない一言で会場の雰囲気は一変した。少なくともわたしにはそう感じられた。

「ドストエフスキーの登場人物で自分に一番近いのは、『悪霊』のスタヴローギンです」

思わず彼女を見やったわたしは、髪を後ろに束ねたその横顔がどこか石像のような気配を漂わせているのに気づいた。

《この人はいったい何を？……》

議論は徐々に熱を帯びて、休憩の後、『罪と罰』の主人公はなぜ金貸し老女を殺したかという根本の問題に移った。彼女は、ナイフを突き刺すように鋭く低い声でこう言い放った。

「彼は、現代風に言えば自分自身の存在確認のために斧を振り下ろした気がするんです」

公開討論会から一週間後、近所の書店に平積みになった彼女の新作を買い求めた。ロシア生まれの抽象画家マーク・ロスコの描く、朱を基調とした装丁がひどく新鮮だった。それからさらに二カ月が過ぎて、わたしの記憶のなかである微妙な変化が起こりはじめた。ロスコの抽象画には、黒く太い筆致で馬の絵が描かれているのではないかという錯覚である。そこでわたしは書棚からその上巻を取り出した。

物語の舞台は、東京。アパートの内部を朱一色に塗りたくった若い画家が、「創作」の妨げになるすべての音を断ち切ろうと、浴室で出産中の女性の頭を叩き割る。翌日、今度は、耳から離れないCDの音を消そうと隣家に殴りこみ、玄関口に出てきた大学生を惨殺する。

だが、犯人の青年に、声を消したという認識はあっても、人間を殺したという自覚はない。犯意はむしろ、法と論理という外的な力によって徐々に実体化されていく。

「私が殺しました。そのとおりです」

郡山市での講演を終え、発車のベルをものともせず新幹線に飛び乗ったわたしは、大阪での公開討論会で彼女が口にしたある印象的な問いを反芻していた。

「『罪と罰』は、神の被造物である人間がどこまでも悪魔的な方向に傾く物語なのか、それとも神の枠組みを離れた本質的な人間の欲望の物語なのか」

その問いに、わたしは何一つまともな答えを返すことができなかった。一方、彼女は、ラスコーリニコフによる老女殺しの動機を、その小説に登場する殺人犯の画家に重ねあわせながら必死で解き明かそうとしていたのだ、きっと。だからこそ、彼女は、二人の成人と赤子の殺人という、『罪と罰』の草稿のプロットを踏襲してみせたにちがいない。ことによると『罪と罰』には、作家である彼女にしか見ることのできない新しい次元の真実が隠されているのかもしれない。だとしたら……。

車窓の眺めから、大宮駅が近いことに気づいたわたしは、充電を終えたパソコンを開き、行きの列車で念仏のように唱えたあの一言を画面に打ちこんだ。

「わたしは……」

四十六の瞳

二〇〇九年十月、松山

四十六の瞳が待っていた。

図書室の一角にコの字型に並べられた机の向こうには、怖くなるほど真剣な顔、顔。一瞬、気持ちが竦《すく》み、ちいさく作り笑いをして講師席につく。

訪問校は、松山西中等教育学校に決まった。学校教育法の改正で可能となった中高一貫制をとる、四国では愛媛に三つしかないユニーク校の一つである。

当日の昼、ホテルのロビーで、生徒たちから事前に送られてきた寄せ書きに目を通していた。A3大の色紙の中央に「ドストエフスキー」と、楷書体で書かれたロシア文字がある。

「高校生、読んでるんですよ、先日も、渋谷の109の前で熱心に文庫本を開いている女の子がいたんです。何かって聞いたら、『罪と罰』でした」

同行した記者の話に聴きいるうち、寄せ書きにある一行がふと目にとまった。

「ラスコーリニコフと『デスノート』のキラは同じではないか？」

軽い不安を覚え、開いたPCの検索窓に「デスノート」と打ち込む。これまで何度も耳にしながら、一度も確かめようとしなかった言葉である。

ある日、高校生の夜神月《やがみライト》は、学校の敷地内で黒いノートを拾う。それは、リュークという死神が落としたデスノートで、そこに書き込まれた人間は必ず死ぬ運命にある。月は、犯罪のない世界をめざし、世界の犯罪者の名をノートに書き込んでいくが、やがて自分を「神」のように感じて、全能感に酔いはじめる。寄せ書きにあったキラとは、「デスノート」に書き込まれた犯罪者を次々と抹殺しつづける殺し屋のことだ。

ああ、わたしのまるで知らないところで、ドストエフスキーは次々と分身たちを増殖させていた。ことによると、ラスコーリニコフも、金貸し老女を殺すことで一種の全能性の感覚に浸りたかったのではないか。

それにしても、かりに『デスノート』を『罪と罰』のパロディと解しているなら、その作者の何という「成熟した」読みだろうか。『罪と罰』の主人公とシンクロし、逮捕される恐怖まで味わった十四歳のわたしとの何という開き。テレビもろくにない昭和三十年代の中学生にとって、世界そのものがスフィンクスのように立ちはだかる謎の書物だったとするなら、いまの若い読者たちは、この不透明な世界に生きながらなお、想像と妄想の境界だけはしっかりと押さえている……。

わたしが生徒たちに第一に伝えたいと願ったのは、「黙過」の罪という問題である。しかし、「黙過」という非行為が隠しもつ、どこか形而上的ともいえる感覚を易しくかみ砕くことは困難だった。わたしは、川上未映子の小説『ヘヴン』を隠し球に用意し、いざとなれば、いじめの現場を黙過するという態度をどう思うか、と問いかける心づもりでいた。だが、小説の説明にかかったところですぐに迷いが生じた。いじめる側といじめられる側の共犯性という危険な主題をはらむこの小説の裏地を、この純な生徒たちに説明することはかなり危険すぎる気がしたのだ。いじめに対しどこまでも無抵抗を貫きとおした『ヘヴン』のヒロインは、物語のラスト近くでこう叫ぶ。

「弱さに意味があるんだとしたらね、強さにも意味があるんだよ」

『罪と罰』を読んだ生徒たちは、それぞれに頭と心で、シベリアに旅立ったラスコーリニコフのその後の運命を考えていた。主人公が自首して出たのは、苦しみを逃れるためで、悔いのしるしではない、と述べる生徒もいた。だが、彼らが出した結論は総じて、「希望はある」だった。

授業は、二時間余りに及んだ。「第一に教養です」という藤上校長に見送られ、降りしきる雨のなか学校を出る。だが、ものの半時と経たないうちに雨は静まり、ホテル前の路面はすでに微《かす》かな夕日に濡れていた。

帰りの飛行機のなかで、わたしは何か悲しみに似た不安にかられている自分に気づいた。別れ際に少女が呟いた一言を思いだしたのだ。

「わたしには、どうしても希望があるように思えないんです」

チェチェン戦争の影

二〇〇八年二月、モスクワ

キャビンアテンダントから手渡されたポータブル・ヴィデオの画面に「SUN」の三文字が浮かび上がった。人間宣言を決意する昭和天皇の一日を描き、日本でもひとしきり話題になったアレクサンドル・ソクーロフの映画『太陽』である。「現人神《あらひとがみ》」を演じるイッセー尾形の朴訥な演技がすばらしく、アエロフロート機内の約二時間、わたしは暗闇のなかで息をしのばせつづけていた。

鮮烈だったのは、東京大空襲の場面である。地下壕にある研究所でつかのまの作業を終えた天皇が悪夢にうなされている。地獄絵をなして燃え上がる東京の上空を、B29が、水槽の魚のように身をくねらせながら泳ぎまわる。ああ、何という巧みなメタファーだろうか。技巧的ながら、衝撃的といってよいその美しさに、思いもかけず後悔がつのりはじめた。ポータブル・ヴィデオのこんな小さな画面で出合うべきではなかった……。

モスクワ訪問の目的は、NHKのとある番組の取材にあった。大統領選を三月に控えた町の様子をスケッチし、新たな独裁の時代に入ろうとするロシアの現実を、ドストエフスキーが生きた十九世紀後半の視点から考え直そうという企画である。

二月初旬だというのに、モスクワの都心からはほとんど雪が消えていた。トヨタやメルセデスの高級車が、なりふりかまわず泥まみれで走っているのを見るのは、何とも心地よかった。わたしは、マイクを片手に道行く人に声をかける。返ってくる答えは、十人中、八、九人がメドヴェジェフ支持。屈託ない彼らの笑みを見やるうちに、わたしの脳裏に、思いがけず、ドストエフスキーが晩年に記した言葉が浮かんできた。

「わが国は無制限の君主制だ、だから、おそらくどこよりも自由だ」

何という矛盾か。しかし、これこそが、二十一世紀のグローバル化時代にあってもつねに変わらざるロシアの真理なのかもしれない。

あらかじめ用意してあった質問とは別に、暖冬のモスクワに来て、わたしはいやおうなく『カラマーゾフの兄弟』に描かれた「大審問官」の意味を考えざるをえなくなった。「大審問官」の主題は、ごく大雑把にまとめるなら、精神の限りない自由、つまり天上のパンと、人間が物理的に生きていくための地上のパンのどちらが、人間にとって大事か、という二者択一の問題に尽きている。思えば、この問いは、農奴解放の混沌とした時代に生きる作家自身の心の揺れそのものを表していた。他方、一国の民をしたがえる為政者が第一に保障すべきは、むろん、地上のパンである。ところが、一九九一年の国家崩壊後のロシアで明らかになったのは、文明化された社会に生きる人間は、必ずしも地上のパンのみでは生きられないという現実である。もはや民衆ならざる市民にとって、ナショナルな自信という、もう一つのパンを持つことなしに現代に生きることは困難なのだ。人々の意識が高まり、時代が先に進めば進むほどに……。

モスクワでインタビューを予定していた最後の相手が、『太陽』の監督ソクーロフだった。彼を、ロシア精神の大いなる継承者と考えていたわたしは、「強いロシア」の再生にさぞや満足していることだろう、と想像していた。しかし、それはとんでもない誤解であることがわかった。どうやら、チェチェン戦争をテーマにした最新作『チェチェンへ　アレクサンドラの旅』が当局に目をつけられているらしい。ホテル・ウクライナに現れたソクーロフの表情は曇り、インタビューでの答えは、いずれもシニカルなニュアンスに満ちていた。今回の新作は二〇〇七年のカンヌにも出品された自信作だが、反戦的な内容を嫌った当局が、チケットの買い占めに出て、封切り館にはなんと十名弱の観客しか集まらなかったという。モスクワに来て初めて、プーチン独裁の隠された一面を見たような気がした。天上のパンと地上のパンは、いつどこで出合うことができるのか。「約束の地」はこの世に確実に存在しうるのだろうか。インタビューが終わりに近づくにつれ、ソクーロフの顔が、少しずつ「大審問官」に登場する「彼」、すなわちイエス・キリストに似てくるのを感じた。

二十世紀末の「邪宗門」

一九九五年三月、東京

国家が崩壊するとは、どういうことか、その現実をつぶさに目撃しつづけた一年。「デモクラシー」などという、およそロシアらしからぬスローガンの陰で、泡沫銀行の倒産は相次ぎ、要人テロが日常化していた。アルコールが高じてのDVだろうか、「妻殺し」が年間一万五千件にのぼるという、嘘のような記事も目にした。死に対する感覚がマヒし、一切の悪をあいまいに放置することで、市民みずから「すべてが許される」大地に寝そべる快楽を担保しようとしているかのように思えた。完全な自信喪失に陥った彼らの心は徐々にナショナリズムに救いを求めていった。

他方、国家崩壊のおかげで可能となったロシアでの長期研修で、わたし自身、スターリン時代の資料をせっせとコピーする毎日を送っていた。その作業にはどこか火事場泥棒のような、こそばゆくうしろめたい罪の感覚がともなった。夏には、あの呪わしいヴォルガに旅し、蓮の花が咲き乱れるカスピ海にも足をのばすことができた。廃墟と化したロシアを、わがもの顔で闊歩していた。

帰国から三日目、何やら無国籍の亡命者のような気分で東京の町を歩き、夜々、モスクワの思い出の海に船出する喜びにひたっていたとき、その事件が起こった。昼近く、JR大塚駅を出て都電に乗りこんだわたしは、大学の同僚に声をかけられ、事件の発生を知った。都心の地下鉄で事故があり、多数の死者が出たという。

やがて、オウム真理教の関与が明らかとなって、わたしは驚きを新たにした。過去一年、ロシアのいたるところでこの教団にまつわる情報を目にしてきたからである。地下鉄駅のどのキオスクでも「教典」が売られ、モスクワで日本語を学ぶ学生の間にも数多く信者がいるという噂を耳にした。「マヤーク」という放送局は、常時、S・アサハラの説教を流し、彼の作曲になるという交響曲が、モスクワ音楽院大ホールで演奏された。演奏は、教団がロシアに設立したキーレーン交響楽団。ある調査では、信者数三万人に上るとされていた。

当時、しきりに思い出していた小説がある。大学時代に読んだ高橋和巳の『邪宗門』——。いまにして思えば、何という予言的な意味に満ちた小説だったろう。ある架空の宗教団体の、戦前、戦中、戦後にわたる権力との戦いを綴り、一人の若い教主のもとで政治的独立をめざしたあげく挫折する人々を描いている。過去に母の肉を食した経験のある主人公が、みずから餓死の道を選ぶラストにはげしく胸をゆさぶられた。だが、現実は小説より非情なり。二十世紀末の「邪宗門」には、ひとかけらのセンチメンタリズムもなく、その教主《グル》ははるかに大胆な手法で政治的独立の道を説き、立ちはだかる人々の命を「ポア」の一言で奪い去った。

オウム真理教が、どこまで本気で革命を、「日本支配」を企んでいたか、わたしにはわからない。革命が、歴史を奪還するための戦いであるなら、自分たちが掲げる法と哲学も歴史の承認を得なくてはならない。思えば、『罪と罰』の主人公が抱いた哲学（「非凡人はあらゆる犯罪をおかし、勝手に法を踏み越える権利をもつ」）もまた、歴史の正義をめぐる彼なりの結論であり、金貸し老女殺害こそは歴史を奪還するための戦いだったにちがいない。

後日談を一つ――。事件発生から半年ほど経過した秋口、郊外に住むわたしの自宅を公安の係官が訪ねてきた。犯人隠匿の疑いをかけられているらしかった。押収されたリストの上位に、「あなたの名前がある」とささやかれ、仰天した。たしかにロシアからの帰国と事件発生の時間的な一致をみれば、そうした疑いがかかるのもふしぎではなかった。わたしの脳裏にふたたびウリヤノフスク事件の記憶が甦ってきた。ロシアとまともにつきあっていくには、それなりの勇気と覚悟が必要らしい。

還暦の太宰

二〇〇八年一月、東京

「曰《いわ》く、家庭の幸福は諸悪の本《もと》」――。

太宰治の遺作「家庭の幸福」の最後に記された一行である。自分の幸福は、必ずや他者の不幸と結びついているという原罪の観念、それこそが生涯、彼にとりついたもっとも強烈なイデーフィクスだった。二度目の妻アンナとの豊かな夫婦生活のなかで次々と傑作を生み出していった晩年のドストエフスキーがこの言葉を聞いたら、どう答えたろうか。もちろん、「ダー(その通り)」と答えたはずだ。しかし、家庭にはつねに性愛と親子愛という、互いにベクトルを異にし、矛盾しあう愛のかたちが存在する。

朝夕、玉川上水を横切り、三鷹・禅林寺の脇を走りぬける通勤生活を送るうちに、たまには車から降りてひと歩きするのもいいだろうという気分になった。その結果、二日続けての太宰詣《もうで》となった。一日目の朝は、禅林寺の片すみにひっそりと立つ彼の墓を訪ねた。近くに森鷗外こと森林太郎の墓もあった。太宰は、晩年、「花吹雪」という小品にこう書き記している。

「私の汚い骨も、こんな小綺麗な墓地の片隅に埋められたら、死後の救いがあるかも知れない」

翌日、JR三鷹駅から徒歩で四、五分の距離にある入水《じゅすい》場所を訪ねた。津軽から運ばれた「玉鹿石《ぎょっかせき》」を目印にするつもりでいた。道路沿いに流れる玉川上水の水音はなく、川の深さも、夜の闇と鉄の柵に遮られて測れない。わたしはそっと、あの雨の夜、赤い紐で縛りあった二人の姿を思い浮かべてみた……。

わたしはその日から四十年ぶりに太宰の再読に入った。還暦を前にしての、この太宰熱は吉兆だった。文学とは、生きる文学であり、文学的に生きることこそが文学だと長く信じつづけてきたわたしにとって、何よりも青春の甦りを意味したからだ。太宰に接するたびに、生命と文学が肌をこすり合わせているといった感覚が生まれた。

太宰熱の起こりは、正月二日目の初詣。新井薬師からの帰り道、西武新宿線の駅の改札を通りぬけたところでいきなり「玉川上水」の文字が飛びこんできた。何かの因縁かもしれないと思うと、むくむくと冒険心が湧き起こってきた。

《終点には、太宰の入水場所がある》

二時間後、多摩都市モノレール線「玉川上水」駅のホームでわたしは途方に暮れていた。入水場所はそこにはなく、水色の冷たい夕日に映える武蔵野の山肌が妙にまぶしかった。

正直のところ、大学時代に読んだ作品は数えるほどしかない。代表作の一つ「ヴィヨンの妻」の記憶さえあやふやだった。当時、ドストエフスキー『白痴』に刺激され、主人公ムイシキンのような「完全に美しい人」に憧れるわたしにとって、「人間失格」は、けっして近づいてはならないタブーの世界だった。太宰にどこまでもつきまとう死の影に感染することを極度に恐れていたこともある。

あれから四十年が経ち、ようやく余裕をもって太宰と向きあえる年になった。すると驚いたことに、けなげにロシア文学を志してきた自分の中に、何か微妙に太宰的なものが息づいているのに気づかされた。彼が自嘲的にいう「汚い骨」と裏腹な、むきだしの純な魂。それがどこかドストエフスキーに似ているように思った。二人にとって小説は、文字通り文学に生命をこすり合わせる作業だったのだ。

若いロマンティスト、太宰が経験した最初の挫折が、内縁の妻の姦通事件にあったことはよく知られている。奪うことはできても、奪われることに慣れていない「貴族」太宰は、そこで決定的に傷を負った。身勝手にも「家庭の幸福」が約束すると信じた性愛の絶対性は崩れ去った。思えば、シベリア時代のドストエフスキーにもそれに近い体験があった。しかし、一度、死刑宣告を潜り抜けた彼には、「奪われる」という現実を乗り越える、したたかな生命力がつねに息づいていた。それこそは、太宰にはないマゾヒズムの力だった。わたしが思うに、太宰がマゾヒストだったことは一度もなかった。

小説に挑戦する

二〇〇〇年一月、東京

「幸福な家庭というのは、どれもよく似かよっているが、不幸な家庭は、みなそれぞれに不幸である」——。

文豪トルストイが『アンナ・カレーニナ』の冒頭に記した有名な一行である。この小説を執筆中のトルストイが、現実にどこまで不幸で、彼の脳裏にあった不幸の観念がどこまでリアルな影を帯びていたか、わたしにはよくわからない。しかし多少の冗談が許されるなら、少なくとも大貴族トルストイよりははるかに辛《つら》い境遇で育ったといえる自信がわたしにはある。もっともその自信は、戦後日本で、団塊の一人として育った多くの人々が抱いている実感ではなかろうか。しかし人間万事塞翁《さいおう》が馬という諺もある。

いまにして改めて思うのだが、人の運命ほどふしぎなものはない。大きな定め、小さな定め、いろいろある。それは、どこか葡萄の房をたわわに実らせた細い蔓にも似て、人は、それぞれの房から一粒しか食べることが許されない。しかもそれが、神に定められた一粒であれ、それを口に含んだ責任は自分にある。同様に人の死も同じである。かりに親しい人の死なら、それもまた、たんにその人の定めにとどまらず、残された人の定めということになる。

関西から東京に戻って十年、スターリン時代に生きた芸術家たちの「二枚舌」をめぐる研究は佳境に入りつつあった。その一方、幾重もの禍々《まがまが》しい記憶に塗り込められたこの時代を、わたしのような世間知らずの人間が研究の対象としてよいのかという忸怩たる思いに苦しめられていた。

そんなある日、急に小説を書くことを思い立った。記憶のなかに重く疼《うず》きつづける事件について隠さず書いておきたい、書けば整理もつくし、整理がつけば、文学者としての自分のもう一つの遠い原点が見えてくるかもしれない。

ただし、その小説を公にする意図はさらさらなかった。完成しようがしまいが、いずれハードディスクの奥に封印する心づもりでいた。ただし、いったん書くと決めた以上、自分なりに実験めいたことも試みたいと思って、ドストエフスキー『悪霊』の中から、モチーフを二、三、拝借することにした。小説は、火事の場面からはじまる。タイトルは、『晴れようとき』——。

小説は事実にもとづいている。八〇年代の終わり、わたしの兄夫婦に不幸な事件が起こった。兄が病に倒れて入院中、足の悪い義理の姉が焼身自殺を遂げた。事件は、NHKのニュースにもなり、恩師の一人からも「見た」と告げられた。

わたしはその事件を描くことで、ロマンティストである主人公の冷徹さを徹底してあぶりだしたいと願った。そのとき念頭にあったのは、クンデラの言葉だった。

「感傷的なロマンティストほど自分の感情以外の心情に冷淡な者はいない」

小説では、死ぬ直前の母にインタビューしたテープをそのまま引用することにした。一九八四年二月、買ったばかりのアイワ「カセットボーイ」で録音した六十分テープが二本、大学の研究室から出てきた(母はその四カ月後に死んだ)。

この小説でわたしが明らかにしたいと願った秘密がある。そもそもこのわたし自身が足の悪い義理の姉の死を意識下のどこかで願っていたのではないか、という疑いである。その疑いは確実に、わたしが長年、とらわれてきた「原罪」の問題に通じているはずだった。

小説は二カ月ほどしてでき上がり、予定どおり、ハードディスクの奥にしまいこまれた。一人の人間が他の人の死を願望し、人の苦しみを黙過し、人の死を運命にむかって唆《そそのか》す。恐ろしいけれども、それが人間の業《ごう》であり、それはまた、人間が人間であることの、ある意味では根源的といってもよい条件の一つなのだ。

そのように考えることは、わたしの恥部であり、恥部は隠さなくてはならなかった。そして幸い、ドストエフスキーがわたしの身代わりを務めるかのように、その「根源的」な恥部をさらけだしてくれた。わたしがドストエフスキー論に取り組みはじめたのは、この小説を書きあげてから一年後のことである。

瓦礫のなかの「四次元」

二〇一一年七月、釜石

あの日、はげしく横揺れするビルの五階からキャンパスを見下ろすうち、過去六十年間、心のどこかで予感し続けてきた事態がついに来た、という感慨が湧きおこった。わたしの前には、ただ揺れている空間があった。それは、具体的に何かが破壊されていく光景ではなかったが、それでも「世界が終わる」という確固とした予感が遠のくことはなかった。五分ほどして揺れが収まり、テレビのスイッチを入れると、文字通り、「終わる」光景の始まりが映し出されていた。そこでわたしははたと気づいた。「終わる」のは「世界」ではなくて、わたしの「母国」だったことに。

あの日から四カ月が経っていた。すでに七月──。

朝の六時半、ガレージの扉を開け放つと、埃《ほこり》の粒子を無数に浮かべた夏の光がまばゆく差し込んできた。環状七号線、外環道を伝って、東北自動車道に出る。昼食用のお弁当といっしょに車に持ち込んだCDは、ショスタコーヴィチの弦楽四重奏曲全集。

轟音に遮られ、とぎれとぎれにしか耳に届かなかったが、それでも、ショスタコーヴィチの音楽がそこにあるという思いだけで気持ちは安らいだ。北上するにつれ、高速道路上の亀裂や隆起がひんぱんに現れ、そのつど車体はつよい衝撃に襲われた。カーナビに「平泉」の表示が出たとき、ふいに芭蕉の句が頭をよぎったのをはっきりと記憶している。

「夏草や兵どもが夢の跡」

花巻インターで降り、国道四十五号線に入って釜石に着いたのが、四時過ぎ。さらに北上し、高さ四十メートルの津波を記録した宮古をめざしたが、手前の大槌町で力尽き、とりあえず釜石まで戻って宿を求めた。

大震災発生から三カ月、新聞紙面で震災マップを日々眺めるうち、いつしか三陸海岸の町の名と位置関係が頭に入っていた。震災マップを見るたびに思い出していた本の一節があった。

「彼らの苦痛が存在するその同じ地図の上に私たちの特権は位置している……」

(S・ソンタグ『他者の苦痛へのまなざし』)

翌朝、釜石の民宿を出たわたしは、繁華街跡を抜けて、港湾沿いへと車を走らせた。やがて遠くに、打ち上げられた巨大なサメのような中型船の舳先が姿を現した。さっそく車から降りてカメラを向ける。だが、一瞬、説明しがたい罪の意識にかられ、周囲の民家にぐるりと目を走らせた。幸い、人の姿はなかったが、そのとき頭にこだましていたのも同じ本の一節だった。

「おまえら、砲弾が止むのを待っているのは、屍を何体か撮れるからだろう?」(同)

当時、わたしが使用していたデジカメに、被災地の写真はほんの数枚しか残されていない。今にして思うと、少し残念な気もするが、あの時、あの場で、ソンタグのいう「他者」としてふるまうなどとても許されることではなかった。その時ほど、好奇心が忌まわしく醜く汚らわしい感情に思われたことはなかった。

しかし、あたかもその代償のように、わたしは、ある不思議な経験に遭遇した。その内実を、どこまで正確に伝えられるか、正直なところ自信がない。何といっても時間が経ち過ぎている。しかし、その時わたしのうちに、「啓示」と名づけるしかないある超越的な感覚が起こったことはまぎれもない事実なのだ。

港の堤に立って、打ち上げられた中型船を眺めていた。とそのとき、突如、背後で何かしら大きく膨れあがるものを感じ、わたしは思わず後ろを振り返った。何もなかった。しかしその無の存在は、途轍もなく巨大で、透明な鳥と化して翼を広げ、わたしを背中から包みこみ、港湾全体を呑み込んでいった。海の上をさまよう死者の霊まで見えるようだった……。

その後、折にふれてわたしは、その時生じた感覚を頭のなかで再現しようと試みたが、うまくいかなかった。ドストエフスキーが癲癇時に経験した万物調和の感覚にもなぞらえてみた。また、アレクセイ・カラマーゾフがゾシマ長老の死に際して経験した絶望に似ているのではないかと考えたこともあった(事実、自然が神を凌駕したのだ)。翻って、同じアレクセイが、満天の星を眺めながら経験した「復活」の感覚にもどこか通じているように感じられた。

釜石にはじまる被災地の旅は、大船渡、気仙沼、石巻、仙台を経て、福島県相馬で終わりを迎えた。途中、立ち寄った南三陸のホテルで、震度7の余震に遭遇した。小型の津波に出合えるかもしれないと慌てて赴いた浜辺で、わたしはついに堪えきれず、片方の黒いハイヒールを写真に収めた。だが、写真だけではどうにも飽き足らず、「形見」に持ち帰りたいという不吉な欲望に一瞬かられた。が、心中に次のような声が響き、思いとどまった。理性が勝ったのだ。

《それにしてもおまえは、どこまでどん欲な男なのか？》

VII　ロシアの幻影

三つの類

二〇〇八年七月、サンクトペテルブルグ

成田・サンクトペテルブルグ間を二泊四日のトンボ帰り――こういうアクロバットの旅は、精神状態をいちじるしく不安定にする。事実、そのあまりのせわしなさに、わたしの心は恐ろしく淀みきっていた。

ペテルブルグに着いた日の翌朝、ネヴァ川にかかる王宮橋にひとり足を伸ばしたわたしは、フィンランド湾からの風で流れを止めた川面を見おろすうち、自分がいま世界のどこにいるのかさえわからなくなるような、めまいにも似た感覚に支配されていた。これは深刻だ、という思いが頭のなかを駆けぬけ、何としてもこの非現実感を断ちきらなくてはならないと感じた。晴れやかな日差しを浴び、ほどよく冷たい空気を吸いながら、長い午後の憂鬱を耐えた。さしあたり出口は、その夜に予定されていたオペラ『カラマーゾフの兄弟』の開演にしかなかった。

夕刻が迫ってきた。マリインスキー劇場の前に盛装した男女の人だかりができてい

る。空はまだ昼のように明るく、夕方六時過ぎとはとても思えない。今回のオペラ初演は、世界に冠たるマリインスキー劇場が、二十年あまりの空白を経てはじめて実現にこぎつけた委嘱作品とあって前評判も高く、ホールの通路に補助席を設けても座りきれないほど超満員の入りとなった。ただ、ペテルブルグっ子が飢えているのが、新作のオペラなのか、ドストエフスキーなのか、にわかには判断できなかった。

予定の開演時刻より三十分近く遅れて指揮者のゲルギエフが姿を現し、カラマーゾフ家の悲劇を暗示するものものしいティンパニーの連打で幕は上がった。序曲が終わり、やがてステージに浮かびあがる修道院の場面を見守るうち、わたしのなかに小さな予感が生まれた。このオペラは、けっして「カラマーゾフ、万歳！」の喜ばしい少年合唱では終わらない、と。

予感は当たった。

ペテルブルグ出の作曲家スメルコフの音楽は、おそらくこれをポストモダンというのだろう、まさしく引用の織物だった。そこには、十九世紀のムソルグスキーやチャイコフスキーから、二十世紀のプロコフィエフ、ショスタコーヴィチにいたるロシア音楽の歴史を総ざらいする楽しさがあった。ステージ中央には、重量感のあるセットがでんと配置され、それがぐるぐる回転するうちに、カラマーゾフ家の居間はモークロエの旅籠《はたご》屋へ、そしてついに「大審問官」の舞台となる十六世紀のセヴィリアへスリップする仕組みである。

フィナーレを飾ったのは、予感した通り、少年合唱による「万歳！」のシュプレヒコールではなく、「大審問官」の最後の場面だった。牢獄から解放されたイエスは、カラマーゾフ家の裏庭ともつかぬ孤独な空間に小さくうずくまる。これが『カラマーゾフの兄弟』によって照らし出された現代ロシア人の心なのか。いちじるしい経済復興をとげるロシアで、これほどペシミスティックな幕切れがなぜ必要なのか、わたしにはわからなかった。

舞台がはねてから、近くのカフェで予定されていた打ちあげの会に出る。ゲルギエフと親しい西側のジャーナリストやマネージャーからなる小ぢんまりとした集まりで、ワインを傾けながらの議論は深夜にまでおよんだ。ところが肝心のドストエフスキーの名前はいちども出ることはなかった。少なくともわたしの耳には届かなかった。『カラマーゾフの兄弟』はあくまでもオペラの台本に過ぎなかったということか。午前二時少し前、ホテルに戻ったわたしは、ロシアの批評家がパンフレットに引用していた言葉を確かめたいと思ってページを繰った。

人間は三つの類に分けることができる。

一、『カラマーゾフの兄弟』をすでに読んでいる人間
二、これから読もうという人間
三、未来永劫、金輪際手に取ろうとしない人間

この言葉にどれほどの普遍的な真理が書き込まれているか、わからない。しかし『カラマーゾフの兄弟』を読むという体験に、これほどの重みを置いている人間がこの国のどこかにいるという思いにわたしは励まされた。するとなぜかふと、人生にもまだ可能性がある、という漠とした予感に包まれ、長い鬱のトンネルの出口に待っているほんとうのわたしの姿が見えてくるようだった。

グーグルアースの七百三十歩

二〇〇八年七月、サンクトペテルブルグ

帰国する日の夕方近く、買いあさった本でいまにもちぎれそうなビニール袋をぶら下げてホテルに戻る途中、『罪と罰』の舞台のひとつ、センナヤ広場付近を歩いてみようと思いたった。第六部の終わり近くに、二人の女性を殺した主人公が「快楽と幸福に満たされながら」広場の地面にキスする有名な場面がある。アスファルトと敷石に覆われたセンナヤ広場では、むろん、土の匂いを嗅ぎとることはできなかった。ロシア経済の復興をものがたる明るい雑踏に追い立てられるようにして、広場を出る。するとまもなく地味ながらも瀟洒《しょうしゃ》な感じのする小さな橋が目の前に現れた。

「七月の初め、異常に暑いさかりの夕方近く、ひとりの青年が、S横町にまた借りしている小さな部屋から通りに出ると、なにか心に決めかねているという様子で、ゆ

つくりとK橋のほうに歩きだした」

コクーシキン橋ことK橋があるなら、近くにS横町もあるはず、と思いきや、魔法のようにS横町が現れた。思ったより道幅が広く、開放的な感じに拍子抜けする。これでも、「横町」というのだろうか、『罪と罰』に満ちわたる暗さも、じめっとした空気の匂いなども少しもない。「七月初め」といえばまだ白夜《びゃくや》のさかり、時々は澄んだ空気も吹きかよってよいではないか。「空気が足りない」――。登場人物のひとりがしきりにそう口にする場面があるが、当時のこの地区の住人たちの嘆きは、現在のS横町の雰囲気からはおよそ想像もつかない。

「旅の恥は……」ではないが、横町を行く何人ものひとに「青年」のアパートをたずね、ついに横町の中ほどにそれらしき建物を探しあてることができた。そこで来た道を振り返り、もう一度、K橋に向かってゆっくりと歩きはじめた。残念ながら、青年のアパートから七百三十歩の距離にあるという「金貸し老女」の家までは辿りつけなかった。フライトの時間が迫っていたのだ。

九月終わり、刷り上った『罪と罰』を手にしながら、およそ一年労苦をともにした編集者とワイングラスを傾けた。わたしに負けずこの小説を読みこんできた彼が、話の途中でふいに眉をしかめる。

「彼がいまの日本に生きていたら、どんな罰が下りますかね」

「ロシア語でメランコリアは鬱病を言うんですよ」

なぜか本音を口にすることがはばかられた。帰りしな、彼はまた、何かを思い出したようにたずねてきた。

「グーグルアースってご存じですか。面白いですよ。宇宙から地球上のどこにでも行けるんですから。宇宙飛行士気分で」

その夜、書斎にもどったわたしは、早速「グーグルアース」をダウンロードし、宇宙からの「急降下」を試みはじめた。たしかに面白い。宇宙飛行士というより、神さまになりかわったような、どこか眩暈《めまい》にも似た感覚がうまれてくる。目的地というより、標的に近い着地点。高度表示が刻々と変化し、やがてK橋が視界に入る。だが、高度がさらに三百フィートまで下ったところで、画像はいきなり横に流れ、町の眺めは絵の具をかき混ぜたような映像にかわった。

しかし、わたしにはそれがなぜかうれしかった。技術がどんなに進もうと、見えないものは見えない、三百フィートの上空から人は愛せない、だからこそ、『罪と罰』の主人公の苦しみは永遠に生きつづけるのだ……。

後日、グーグルアースでの着地失敗を告げた編集者からメールが届いた。

「それはわかりますが、もしかすると《検閲》かもしれませんね。ロシアは何といっても独裁国家ですから……」

なるほど、人間というのは、いい加減なところで着想しながら、けっこう気のきいた結論にたどりつくことができるものらしい。

むろん、わたしはそのとき、恐ろしい自閉に取りつかれた青年の、果てることのない苦しみについて、独り言のように感じたことを思い出していたのだ。

「空間を貪り食いながら」　二〇〇三年十一月、スターラヤ・ルッサ

何とも間のぬけた話だった。

はるか数千キロの空を旅し、『カラマーゾフの兄弟』の舞台を訪ねてきたというのに、肝心のドストエフスキー博物館は休館日に当たっていた。これでは、「父殺し」の現場となったカラマーゾフ家の間取りもわからないではないか……。

前日の夜九時過ぎ、モスクワを出た夜行列車は、ロシア最古の都で知られる大ノヴゴロド駅に朝の五時に着いた。開館の時刻に合わせてホテルで一寝入りしたあと、午前九時過ぎ、目的地スターラヤ・ルッサへと車を走らせた。低い雨雲が人さらいのように地面を睥睨し、街道沿いのアパート群を一呑みしてしまいそうな気配だ。

地図を開くと、左手に、イリメニ湖が見えていいはずなのだが、雨雲のせいでなかなか姿を現さない。街道を二十キロも下ったところで、ガイド兼運転手がとつぜん「泥炭《トルフ》だ！」と声をあげた。見ると、褐色に染まった灌木の茂みがところどころ黒く

盛り上がり、白い煙を吐き出している。

「地面が焼けてるんだ」

スターラヤ・ルッサの市街地まで一時間半、車は、やがて敷石をアスファルトで固めた河岸《かし》通りに入る。伝記を読むと、この町に夏の別荘を借り、小説『未成年』の執筆に励んでいた作家は、ある日、恐ろしい事件を見聞した。中年の一人息子が盲目の父親を殺害するという事件である。作家はこの事件に異様ともいえる関心を示し、事情を知る住人を一人ひとり尋ねまわったという。

やがて河岸通りの奥に緑色の塀が見えてきた。お目当ての博物館だ。ところが、周囲がやけにひっそりし、人の出入りする気配がない。案の定、門は固く閉ざされていた。戻ってきた運転手が、フロントガラスの向こうで両手を広げている。

「滞在を一日延ばせるか？」

潔く諦めるしかなかった。

町には他にも、小説のラストに登場する少年イリューシャの石など、数多く名所が点在する。少し足をのばせば、イリメニ湖のほとりにモークロエ村の舞台も見ることができる。現実の村の名前はブレーギ。物語も大詰め近く、長兄ドミートリーと美女グルーシェニカはこの村で乱痴気騒ぎに興じる。おめでたい空想だが、ことによるとその旅籠屋の跡にだってお目にかかれるかもしれない。

何とも割り切れない思いを抱いたまま、仕方なくスターラヤ・ルッサと別れをつげて、車に乗り込む。ドミートリーを乗せたトロイカが、「空間を貪り食いながら」ひた走った二十キロ少しの道のりを、百三十キロの猛スピードで突っ走る。

しばらくすると、木立の間から再びイリメニ湖がちらりちらりと姿をのぞかせ、修復中の鉄骨を雨にさらした聖堂や、黒々とした農家が遠くに見えてきた。ああ、きっとあれが、モークロエ、いやブレーギだ。「湿った村」を意味するモークロエは、ことによると、この湖畔をおおう湿った空気と関わりがあるかもしれない。

それにしても迂闊すぎた。泣きっ面に蜂とはこのことだ。凍結した湖や、さびれ果てた村をカメラに収めようとすると、なんとフィルムが切れている。安全第一にとデジカメを避け、インスタントカメラに頼ったのが仇《あだ》となった。こうなったら記憶力に頼るほかない。しかし正直なところ、記憶力にはまったく自信がなかった。窮余の一策に手帳をとりだし、十センチ四方の紙に慣れぬ手でスケッチをはじめる。遠くに目を凝らすと、凍結した湖を渡っていく漁師たちの黒い影が見えてきた。

生きた人間の存在が、ケシ粒のように空《むな》しく感じられる空間。逆に、この空間としのぎを削って生きる小説の主人公たちの大きさ。実在の人間は名もなく死に、架空の人々の記憶は、人類の知のタンクに収められて綿々と生きつづけていくという、このふしぎな矛盾――。

「過去」との別離　二〇〇六年一月、モスクワ

ロシアで心おきなく会える友人が、いつのまにか一人もいなくなった。自分から進んでモスクワを訪れる気にはなれないのもそのせいだった。男子の平均寿命が五十代後半、「アフリカに追いつき、追い越せ」が冗談としても通じないロシアで、友人の多くが急激に年老い、あるいは早々とこの世とおさらばしていった。とくに一九九八年のデフォルト以後、わたしの友人関係はことごとくリセットされてしまったかの感があった。わたしが変わったのか、友人たちが変わったのか、簡単に境界線は引けなかったが、その亀裂が、わたしのドストエフスキー熱が高じてから顕著になったことだけは疑う余地がなかった。

使用済みになった古いパソコンを開き、過去のEメールをチェックすると、このモスクワ行きの時点ですでに、二百枚近い『カラマーゾフの兄弟』の訳稿ができていたことがわかる。四部十二編とエピローグからなる小説全体をどう巻割りしていくかは、

ひとえにわたしの翻訳ペースにかかっていた。校了日から逆算すると、一日最低四時間のノルマが欠かせない。一時間八百字とカウントして、一日の目安は四百字詰め原稿用紙にして八枚。しかし一日たりとも欠かさずにこのペースを維持することは困難なので、その分どこかで帳じりを合わせなくてはならない。夏と冬の休暇や、連休に大小の「団子」を作って作業を加速させる。作業の時間は、午前零時から朝の五時。夕食後に二時間ほど仮眠をとり、十二時少し前にベッドから下りる。目が覚めた直後の気分の重さは、一言では尽くしがたいものがあった。この状態がさらに一時間続くなら、とても生きていけない、と感じたこともしばしばあった。残り少ない人生をなぜ、こんなに苦しいロードレースに賭けてしまったのか。

二〇〇五年の終わりから年始めの十日間、ボリショイ劇場裏手にあるブダペスト・ホテルで「団子」作りに入った。ところが、極寒のなか、赤の広場でひとり「年越し」のイベントを見物してホテルに戻ると、にわかに頭痛とめまいが襲ってきた。作業のテンポは極端ににぶり、細切れにとる睡眠では容易に回復しなくなった。ついに三日目の元旦で集中力が途切れた。やがてその原因が、ソ連時代に作られた木製の椅子の背もたれにあることがわかった。わたしはすぐさま近くのネットカフェに駆け込み、別のホテルを探しにかかった。郊外に三ツ星のイズマイロフ・ホテルが一日五十ドルで出ている。HPで紹介されている室内の様子に目を凝らし、椅子の形状を確認する。こうなったら、一か八かに賭けるほかない。だめならだめで、計二百五十ドルを捨てるだけのことだ。幸い、賭けは「吉」と出た。残り五日間のスパートが効いて、「団子」を一挙に二百五十枚まで膨らませることができた。

十日間にわたる滞在中、一度だけ昔の友人に夕食をご馳走になった。若い時代に情熱を傾けた未来派詩人フレーブニコフの末裔にあたる、女性画家で、名はヴェーラ。郊外に林立するアパート群のなかでわたしはすっかり迷子となり、三十分以上も遅刻して彼女の家にたどり着く。だが、再会の喜びもつかのま、長年の友人の前で、わたしはなぜか「変節者」の後ろめたさに襲われはじめていた。手土産のグルジアワインもいっこうに助けにならなかった。

午後九時過ぎ、ヴェーラのアパートを出たわたしは、自分の大切な青春が、その未来派詩人とともにあったことを思い起こし、深い憂鬱にはまりこんだ。ヴェーラとも、もう、二度と会えないかもしれない。半ば気まぐれにまぎれこんだドストエフスキーの密林で、過去の友人とすべて縁が切れてしまった。「変節」がもたらした不可避の結果だったとはいえ、その夜、ホテルに帰る雪道は、人生の最終コーナーがはっきり見えた最初の瞬間だったような気がする。

ロシアヘイトの根源　二〇一四年九月、チェルノブイリ

ドモジェードヴォ空港発SU1806便でキエフ国際空港に降り立ったのが午後一時過ぎ。モスクワからわずか一時間四十五分のフライトながら、その間、何度「撃墜」の二文字が頭にちらついたことだろう。しかも図ったように、空港のバゲッジクレームでは、KLM機でアムステルダムから到着した若いオランダ人観光客の声が明るくこだましていた。

《ロシアはこの若者たちすべてを敵に回したのだ》

二カ月前の七月、アムステルダムを発ったマレーシア航空機がドネツィク州上空で狙撃され、乗客乗員二九八名が犠牲となった。狙撃した「犯人」がだれかは火を見るより明らかだったが、だれもがその名前を口にすることを恐れているように見えた。

思えば、ソチ五輪の取材から戻ってまだ半年足らずのわたしが、こうしてはるばるキエフにやって来た理由は一つ、ウクライナ人がロシアに抱く憎しみの正体を見きわ

めることにあった。

忘れもしない、ソチ五輪の閉幕に狙いを定めたかのように勃発したマイダン(独立広場)での騒乱に、わたしはまるで晴れの日のスーツを汚されたかのような屈辱感を覚えた。そしてその後しばらく、知人から「危険球を投げましたね」と時に皮肉られるほど、ロシア擁護の発言をくり返していた。

だが、マレーシア機撃墜をきっかけに見方が大きく変わった。友人宛てのメールにもそんな発言をした「自分が恥ずかしい」と正直に書いた。テレビのニュースは、乗客のうち約百名近くが、メルボルンで開催される予定の国際エイズ学会の参加者であり、また、犠牲者には八十人近い子どもが含まれていると報じていた(のちに誤報であることが判明した)。

絶対に許さない、ロシア文学そのものと縁を切りたい――わたしは、正当に「絶望」と名づけてもよいほどのヒステリックな感情に襲われていた。幼児虐待のエピソードを繰りだすイワン・カラマーゾフに屈し「銃殺にすべきです」と叫ぶ修道僧アリョーシャの怒りにわたし自身が同化していた。

そんな折、わたしの突然のウクライナ行きを知った友人たちは、一様に怪訝《けげん》そうな顔をして尋ねた。

「なぜ、今頃そんな危険な場所へ？」

「罪滅ぼし、ですかね」

ウクライナ人の「ロシアヘイト」の根底にわたしが嗅ぎあてた原因とは、ほかでもない、チェルノブイリである。あの忌まわしい事故から三十年、ウクライナは世界から不当な烙印を押され、差別されてきた。旧ソ連の枠に留まるかぎり、この刻印や差別はけっして拭いえない、だからEUの抱擁に身を委ねようとする……。この仮説への答えを得るには、実際にチェルノブイリを訪ね、そこに住む人々の本音を聞くしかないと思った。

朝の八時、抜けるような青空のもと、チェルノブイリを目ざしてホテルを出る。田園地帯に広がる緑が、今もって放射線に汚染されていると想像するのは、苦しかった。一時間ほどして「ゾーン」の検問所が現れ、迷彩服の若い警備隊員が勢いよく車に乗り込んできた。場の緊張を解きほぐそうと、わたしは昔観た映画の話を持ちだした。

「タルコフスキーの『ストーカー』、観たことありますか？」

迷彩服の男が思いがけず甘く澄んだ声で反応した。

「もちろんさ。あの映画は、三人組の冒険だが、われわれは四人だね」

迷彩服は、わたしを「同志」と認めたのだ。

完全なゴーストタウンと化したプリピャチの森に入る。説明では、人口五万の人工都市が一瞬にしてもぬけの殻となったという。廃墟と化したアパートの至るところに、「ブラック・ディガーズ」による略奪の跡が生々しく印されていた。ガイガーカウンターは、基準をはるかに超える数値を示しているが、不思議に恐怖心はない。

最大のハイライトは、メルトダウンした原子炉を覆う「石棺」。旧ソ連時代のアングラ芸術を見るような奇妙な既視感が湧きおこってくる。ガラス窓越しに見るグロテスクな石棺も、数年後には超モダンな半円筒型の金属シェルターにすっぽり覆われるという。早くその時が訪れてほしい。

幸か不幸か、「ゾーン」探索をともにした三人の「ストーカー」は、いずれも「マイダン革命」の闘士たちだった。「ロシアヘイト」をむき出しにする彼らの「人質」と化したわたしは、えも言われぬ疚《やま》しさを覚えながらウクライナ寄りの発言を繰りかえした。だが、元マイダン闘士のガイド役は、わたしの言葉に「転向者」の二枚舌を嗅ぎあてていたのだろうか。旅の終わり、男は、動揺する「同志」を諌《いさ》めるような厳しい口調で言い放った。

「ロシアヘイト？　チェルノブイリとは一切、関係ないさ」

神隠し

二〇一八年八月、パーヴロフスク

人生最後のロシアへの旅――。

胸のうちには、そんな悲壮な思いがあった。だから、これまでいちども訪ねることのなかった「縁」の町を優先した。候補に上ったのは、プスコフ、パーヴロフスク、トヴェーリ、オリョールほか六都市。トヴェーリをのぞけば、いずれも、『白痴』に関わりのある町である。なかでもお目あては、十八世紀後半、時の皇帝エカテリーナ二世が、息子のパーヴェル一世のために建てた夏の離宮パーヴロフスク。じつのところ、ペテルブルグ郊外のこの町については、わたし自身、少しばかり苦い経験があった。『白痴』を翻訳中、この別荘地についてほとんど予備知識をもたず、今は亡き恩師の別荘のある軽井沢・追分の森をひたすら想像しつづけていたのだ。そのせいで、訳語にいくつかの不自然さが生じたことを、あえてここで告白しておこうと思う。

ペテルブルグへはこれまで、モスクワから特急列車を使用するのが常だったが、今回は、『白痴』の冒頭シーンを真似て、あえてロシア最古の町の一つプスコフを経由した。プスコフでは、八月とも思えない肌寒さに耐えながら、ヴェリーカヤ川のほとりに点在する教会を丹念にめぐり歩いた。異端派に縁のあるロゴージン家ゆかりの地とあれば、何かしらその気配が感じられていい。今にして思えば、恐ろしく大胆な仮説を立てたものだが、当時のわたしはその「仮説」に酔っていた。

物語の冒頭、ロゴージンはこのプスコフでペテルブルグ行きの列車に乗り、車中、ムイシキン公爵に出会う。作家自身、この町を訪ねたことがなかったから、彼はそこに何かしら観念的に意味づけられた都市のイメージを見ていたことはまちがいない。わたしはその意味を、「異端派」との関連で捉えようとしていたわけだが、他方、こんな邪推も働いた。作者は、たんにムイシキン公爵との運命的な出会いを演出するため、ロゴージンを一時プスコフに向かわせただけのことではないか、と。

ペテルブルグ到着の翌日、事前に予約した車でパーヴロフスクに向かった。プスコフの町を覆っていた沈鬱な雰囲気とは異なり、散文的としかいいようのない明るくけだるい郊外の風景を眺めるうち、パーヴロフスクの「ワクザール(駅舎)」がふいに目の前に現れた。ところが、駅頭に立ったわたしは、『白痴』の物語から想像していた「ワクザール」とのあまりの違いに愕然《がくぜん》とし、何度も運転手に念押しをした。駅舎前は、線路と平行して走る幹線道路の道幅が確保されているだけで、とても「コンサート」(『白痴』第二部)を開けるスペースはない。だが、運転手は、これが「ワクザールだ」と言って一歩も譲らない。そこで車に戻り、伝家の宝刀 iPad を取りだした。ウィキペディアによると、ペテルブルグ、パーヴロフスク間に鉄道が敷かれたのが、一八三八年五月。二十世紀初頭に持ちあがった延線計画により、新駅が建設され、旧駅(ワクザール)は、その後、独ソ戦勃発の一九四一年に廃止されたとある。これで謎が解けた……。

だが、それからが、一騒動だった。道々、別荘の住人と思しき老人たちに地図を見せて聞きまわったが、だれひとり、「旧駅」を記憶するものがない。わたしの熱意に負けたか、運転手もとうとう本気になった。そしてついに、庭園内のほぼ中央部に旧駅の位置を探し当てることができた。車の侵入は禁止されていたので、一時間半の約束で車から降りる。そうして旧駅跡に無事たどりついたまでは良かったのだが……そこで再びショックが待ち受けていた。「駅舎」はおろか、線路もなければ、「コンサート」用のステージもない。あるのはただ、低い木立に囲まれた空き地の一角に礎石が一つ。周囲は、ラーゲリ跡地のような不気味ささえ漂わせている。これが果たして、ワルツ王ヨハン・シュトラウスが出演し、大喝采《だいかっさい》を浴びたという「ワクザール」の現場だろうか。

『白痴』の登場人物たちは、この庭園沿いに割り当てられた別荘地に住み、しばしば散歩を兼ねて園内を訪れた。その光景を思い浮かべようとするのだが、何としてもイメージが湧いてこない。噎《む》せかえるような緑の楽園にあって、まるで神隠しにでもあったように、登場人物のだれひとり姿を見せる気配がないのだ。そこでふとわれに返る。そう、すべては幻なのだ。『白痴』のドラマがどれほど迫真力に満ちていようと、それ自体リアルには、一度としてここで演じられたことはなかった。ああ、何という虚しさだろうか。

では、当のドストエフスキーはどうだったのか。『白痴』は、ロシアから遠く離れた異郷の地で誕生した。作家にとってその世界は、不滅のトポスとでも呼ぶべきかけがえのない物語空間だったはずだが、たとえそれほどの物語の創造主でも、はたして、現にわたしが経験している虚しさにかられることはなかったろうか。

幻想の「吊り橋」

二〇一八年八月、トヴェーリ

　ドストエフスキーが『悪霊』の舞台に選んだ町とあれば、否が応にも期待が膨らむ。ヴォルガから吹きよせる爽やかな風、透明な光、気分は申し分なかった。セミパラチンスクを出たドストエフスキー夫妻が借りた市内のアパートも難なく見つかった。しかし彼の、この町をめぐる印象はほとんど最悪に近く、わたしの好印象と著しく相反していた。

「いま、トヴェーリに閉じ込められています。セミパラチンスクより酷い。（……）トヴェーリは一千倍もひどい。陰気だし、寒いし、いたるところ石の壁。動きがいっさいなく、興味もない。まともな図書館一つない。まぎれもなく牢獄だ！」（一八五九年九月）

　トヴェーリには確かに、この物語を成立せしめるいくつかの条件が揃っていた。ニコライ・スタヴローギンのモデルの一人で革命家のミハイル・バクーニンが、このトヴェーリの出であること、そしてチーホン僧正のモデル、チーホン・ザドンスキーが、トヴェーリの修道院で三十代後半を過ごしている事実。また、ピョートルが、革命勢力への加担を期待する「去勢派」への言及にもそれなりの歴史的裏付けがあることがわかった。ところが、こうした状況証拠とはべつに、物語の本体にトヴェーリの「痕跡」を探ろうとすると、これが意外に厄介なことに気づかされた。その数少ない「痕跡」の一つに、建築技師キリーロフの存在があった。死の恐怖を克服したものが神になるという奇怪な哲学を奉じ、その哲学に殉じてピストル自殺する彼がこの町に滞在する理由について、間接的にこう説明されている。

「この町の鉄橋工事の職につけそうだというんで、やって来られたんです。今はその返事待ちというところです」

それにしても、思い込みというのは、恐ろしい。トヴェーリを訪れるまで、わたしは、ヴォルガにかかる橋の一つに、「吊り橋」があるものとなぜか頑《かたく》なに信じていたのだ。帰国してからその確信の出所がわかった。かつてくり返し見たアンジェイ・ワイダの映画『悪霊』、より正確には、キリーロフの部屋を訪れた脱走囚フェージカが、テーブルいっぱいに広げられた橋の完成図にほれぼれと見入る場面である。しかも、その見事な線画には、「ヴォルガの吊り橋」ときちんとタイトルまで入っていた。何という巧みなディテールだろうか！

むろん、現実のトヴェーリに、「吊り橋」はなかった。当時も、今も。そもそも、『悪霊』が書かれた一八七〇年代前半の時点で、ヴォルガに架かる「鉄橋」といえば、一八五〇年のニコラエフスキー鉄道（サンクトペテルブルグ＝モスクワ間）敷設にともなって架橋されたトヴェーリ鉄橋ただ一つ。第二の鉄橋がヴォルガに架かるのは、それから三十年近く先のことだ。

作家ゆかりの地を訪ねる旅など、文学研究にとって何の意味もない、せいぜい作家の気まぐれに振り回されるのが関の山と考える向きがある。むろん、その主張には、一理ある。実際、『悪霊』の時空間は、他の作品とくらべて著しい歪みをはらんでおり、距離感、サイズ感ともに現実のトヴェーリとの間に大きなズレを生んでいる。第三部「祭り」に描かれた対岸の火事の場面は、イメージとしてはたしかにヴォルガの川幅に見合っているが、スタヴローギンが脱走囚フェージカを殴りつける橋は、どうみても二十メートルそこらの長さしかない。

では、かりに作家が、整合性など歯牙にもかけず、それこそつぎはぎだらけの空間を許容していたとしたら、どうなのか？　実際、『悪霊』では、いくつかの場面でそうした事態が生じていることがわかる。

その最たる例として挙げておきたいのは、物語も終わり近く、ステパン・ヴェルホヴェンスキーが放浪の旅に出る場面である。一読者として、トヴェーリの地図にこだわりつづけることは許されない。「ウスチエヴォ(河口村)」に着いた彼の目の前には、広大な湖が広がり、その湖の向こう岸には、「スパーソフ(救いの村)」なる名前の村が待ちうけている。

ここで一つだけ言えるのは、この場面を執筆している作家の脳裏から、すでにトヴェーリの町はきれいさっぱり消滅している事実だ。正確を期そう。一八七二年五月、のちに『カラマーゾフの兄弟』の主舞台となるスターラヤ・ルッサを訪れた作家は、周辺の景観に魅了されたばかりか、その場所のイメージを『悪霊』に持ち込むという大胆不敵な試みに挑戦していた。ああ、何という裏切りか!

要するに、ドストエフスキーとの旅とは、作家が自由きままに想像力の羽を伸ばし、デフォルメさせた空間の地図を作るという不条理な営みなのだ。そしてその営みを不条理と感じなくなったとき、この旅ははじめて、真の意味での二人旅となるのだと思う。

去勢派とバフチン

二〇一八年八月、オリョール

その町には、ドストエフスキーの銅像もなければ、記念プレートもない。そもそも作家自身、その町を訪れたことがない。だとしたら、なぜ、その町を訪ねようとするのか？

朝の八時半過ぎ、特急列車「ラーストチカ(ツバメ)」号が、モスクワ・クールスクの駅を出る。雲ひとつなく晴れわたった朝。独シーメンス社製の車両は、二つあるドアのそれぞれに、「ラーストチカ」の頭文字Лを赤とグレーのツートンカラーであしらったアヴァンギャルドなデザインが日に快く、あわせてビジネスクラスの黒い革張りシートの座り心地も申し分なかった。

目的地まであと半時間というところで、突然、「ムツェンスク」の駅名がアナウンスされた。車窓に目をやると、横一線に続くなだらかな草地にひときわ高い丘陵地が見える。たしかにその雰囲気がある、と思った。わたしがそのとき脳裏に描いていたのは、ニコライ・レスコフの中編小説『ムツェンスク郡のマクベス夫人』。商家の女主人カテリーナと下男セルゲイの情交とその凄惨な結末を描いた、かなりきわどい物語だが、この小説の初出が、何と、当時、ドストエフスキーが主宰していた雑誌『エポーハ』(一八六五年一月号)なのだ。後年、レスコフが残した証言によると、作家は、「かなり正しく現実を再現した」としてこの小説の独自性を高く買っていたという。ただし、その証拠はどこにも見当らない。一八六五年一月といえば、妻マリアと兄ミハイルを相次いで失い、謎の女M・ブラウンとの親密な関係が終わりを告げる複雑な時期にも当たるだけに、作家として周囲に気を遣う余裕などなかったということか。

午後一時、オリョールの駅頭に降り立ったわたしは、広場中央に据えられた高さ五メートルもあろうかという鋳鉄の鷲《オリョール》のモニュメントを眺めているうちふと、具体的にはどこに行くあてもない自分に気づいて愕然とした。そこですぐにとんぼ返りを決め、駅の改札に引き返して帰りの時刻表を見ると、ウクライナとの国境に近いベルゴロド発のモスクワ行き特急列車が二時間後に来ることがわかった。時間つぶしにまずは駅の食堂でビールとサンドイッチの昼食をとり、一呼吸置いて窓口に並んだが、チケットはすべて売り切れとの冷たい答え。炎天下の駅前広場には、頼りとすべきタクシーが一台もなかった。ああ、今さらだれに聞けるというのか。

「去勢派発祥の地、どこにあるか、ご存じですか？」

せめてもの思い出にオカ川ぐらいは、と、地図を頼りにメインストリートを歩きだし、まもなく右に折れてオカ川にかかる橋のうえに立った。何の変哲もない眺めに「去勢派」の妄想はますます萎んでいく。そこからさらに、男子修道院とおぼしき敷地内に寄り道したり、オリョールアカデミー劇場の白亜の建物の写真を撮ったりしながら歩き続けたが、一時間ほど過ぎたところで足が止まった。アルコールと炎熱のせいである。

ところがそこで驚くべきことが起こった。

綿のセーターを脱いで腰に巻き、木陰のベンチから何気なく目をやった建物、それが何と、『ドストエフスキーの詩学』の著者で知られるミハイル・バフチンの生家だったのだ。まさに運命的な遭遇だった。過去何十年間か、まるで「天敵」のように忌避しつづけてきたバフチン、その頭部を描いたブロンズのレリーフが、まるで当てつけのように、目の前の玄関口に掲げられている。そう、卑しくもドストエフスキー・ファンを名乗るもの、このオリョールで真っ先にめざすべきは、「去勢派発祥の地」ではなく、バフチンの生家ではなかったか。

バフチンとの思いもかけぬ「遭遇」に気をよくしたわたしは、その余勢を駆って改修中のレスコフの家博物館に立ち寄り、そこからさらにイワン・ツルゲーネフの小説『貴族の巣』の舞台まで足をのばした。

オリョールにやって来た理由は一つである。ある日、ネット上でロシアの異端宗徒の情報を調べているとき、わたしは次のような記述に出会ったのだ。

「一七七二年のある時、オリョールの農奴二人が川に泳ぎに出かけた。いわばごく普通のことだが、尋常ではなかったのは、そのうちの一人の両足の間に性器がなかったことだ」

この一節の記憶が、『白痴』のラストと突然、連想の糸でつながった。主人公ナスターシヤは、なぜ、自分を殺しにかかるロゴージンにむかって「オリョールに行こう」と誘いかけたのか。作者は、なぜ、自分が訪ねたこともない町の名を、死ぬ直前の彼女に口走らせたのか。残念ながら、現実のオリョールにその答えはなかった。わたしはただ、『貴族の巣』の敷地内にある見晴台に立ち、鬱蒼《うっそう》たる緑の木立の間にかすかにのぞくオカ川を見下ろしながらぼんやりと思い浮かべていた。かつてオリョールの去勢派たちが楽しんだ水浴びの光景を……。

Ⅷ　ヨーロッパの幻影

絶対愛への羨望

二〇〇二年十二月、ドレスデン

極寒のベルリン・ツォー駅を昼過ぎに発ち、共産主義時代を思わせるおそろしく旧式の列車に揺られて三時間、ザクセン州の都ドレスデンの中央駅に着いたのは、午後三時過ぎだった。エルベから吹きつける風の冷たさと日差しの薄さに、一瞬、心が曇った。空間と建物のバランスがいちじるしく悪く、どことなく大戦の古傷を忍ばせている。これがはたして「エルベのフィレンツェ」だろうか。

一八六七年四月、『罪と罰』の執筆を終えたドストエフスキーは、新妻アンナとともにヨーロッパに旅立ち、ベルリンを経由してこの町に着いた。ドイツ嫌いで知られる彼が、なぜ例外的にこの町を好んだか、理由はよくわからない。ルネサンス期の名画を多く所蔵する市の美術館も理由の一つだったにはちがいないが、そればかりではなかったろう。ともあれ、『罪と罰』以降の作家は、おそらくは夫人の影響もあって、精神的に驚くほどの成長をみせ、西欧の古典絵画を楽しみ、それを小説のテーマに取りこむ余裕も出てきた。

ドレスデン美術館でのわたしのお目当ては、クロード・ロランの『アキスとガラテアのいる風景』だった。作家が、『悪霊』の主人公に託し、驚くほど感傷的なタッチで人類の黄金時代になぞらえてみせたキャンバスである。

「それは――ギリシャの多島海の一角。穏やかなコバルトブルーの波、島々、巨岩、花咲く岸辺、魅惑的な遠いパノラマ、呼びまねくような夕陽――言葉ではとても言いつくせない。ヨーロッパの人類がここをわが揺籃《ようらん》の地と記憶し、神話の最初の舞台となり、地上の楽園であったところなのだ。ここには、すばらしい人たちが住んでいた！　彼らは、幸福に、汚れも知らず、朝、目覚めては、夜、眠りについた……」

だが、期待していた「アウラ」も、作家とのシンクロもうまれなかった。縦横ともに一メートルほどの原画の印象はどこか冷たく、むしろ当時、度重なる癲癇《てんかん》の発作に苦しめられていた彼の特異な心理状態が偲ばれるようだった。

館内をめぐり歩くうち、ゲーテが「永遠の泉」と呼んだこの美術館にとって、ロランは、たんなる脇役にすぎないことがわかった。主役は、だれを措《お》いても、ラファエロ。代表作『サン・シストの聖母』には、両脇に開かれた緑色のカーテンの向こうから、幼児イエスを胸に、素足のまま雲を踏んで近づいて来る聖母マリアが描かれている。冨岡道子という研究者によると、作家はとりわけこの絵に強い働きかけを受け、『白痴』の執筆にも大きな影響が現れたという。

ご存じのように『白痴』は、「キリスト公爵」と呼ばれる神がかりの青年ムイシキンと、巨万の富を得た商人ロゴージン、その彼が渇望する美女ナスターシヤの三角愛を描いた悲劇である。物語は、嫉妬に狂ったロゴージンによるナスターシヤ殺害で幕となるが、読み手に謎に満ちた深い感銘をもたらすのが、そのラストの場面である。いまはナスターシヤが死者となって横たわる寝室の向こうに、緑色のカーテンを隔て、熱病にかかった殺人者と、癲癇の発作で意識を失ったムイシキンが横たわる。

問題は、この場面に用いられた「緑色のカーテン」のモチーフである。なぜ「緑色」なのか。そこには、『サン・シストの聖母』をあらためて凝視せずには解きえない謎が秘められている。ことによると、作家は、ロゴージンが嫉妬するナスターシヤとムイシキンの愛に、この地上にあって男女の性愛としては永遠に結実することのない純愛を見ていたのではないか。他人の嫉妬などまるで寄せつけるはずもない聖母子に嫉妬する、何という恐ろしい思い違いだろう……。

ドレスデン美術館を出たわたしは、すでに黄昏の色を見せはじめた中庭を背に、ゼンパー・オーパーの愛称で知られる歌劇場のほうに向かって歩きだした。七時開演のハンブルク・バレエ『真夏の夜の夢』(この極寒に！)までかなり間があった。首筋に軽い寒気が走る。迷いに迷ったあげく、エルベにかかる橋を左手に見ながらシュロス広場を出た。とくにあてはなかった。旅慣れない旅行者が、見知らぬ街を歩くときは、何か罠にでもかけられたように、同じ場所へと引き寄せられる。

神々しいゲルツェン

二〇〇九年九月、東京

「あの子は、暗闇では聞こえない、唇が見えないと!」——。

ドーバーの海をわたる船の上で声を震わせる男の名は、アレクサンドル・ゲルツェン。十九世紀のロシアが生んだ最高の知性の一人である。だが、耳の不自由なわが子を、夜の海難事故で失った男の嘆きは、ごくありふれた父親のそれと何ら変わるところがない。

観客席を二つに割り、その間に設けられた船の舳先《へさき》のような張りだし舞台で繰り広げられるトム・ストッパード作『コースト・オブ・ユートピア——ユートピアの岸へ』に見入りながら、ある複雑な思いをぬぐえずにいた。いま、わたしが思い描いている十九世紀ロシアとは、ドストエフスキーを主役として、その周囲におびただしい数の作家、詩人、芸術家を配したコロッセオのごとき光景である。彼らはみな、それぞれに歴史に残る仕事を残してきた大人物たちだが、それでも闘技場の中心にたたずんでいるのはドストエフスキー。ところが、現に目の前の舞台で演じられている魅力的な主役は、ゲルツェン。その周囲には、ロシアいや、当時の西欧の精神界を席巻した人々の名前が乱反射している。むろん彼らの知名度も、ドストエフスキーの取り巻きの比ではない。では、この時代の真の主役とは誰だったのか。

多少、卑俗な言い方になるが、ドイツ人の血を半分受けたゲルツェンは、ある意味でロシア知識人のなかでも類《たぐい》まれに成熟した男だった。その彼が夢見ていた革命とは、資本主義の段階を経ず直接に移行できる新しい形の社会主義だった。ロシアの農民、そして農村共同体のなかに「コミュニズム」の本能が潜むと考えたのだ。こうして彼が、暴力やテロによる革命を否定できたのは、酸いも甘いもわきまえる一人の成熟した男としての度量が備っていたせいかもしれない。

舞台は、理想と挫折を繰り返しつつヨーロッパを転々とするゲルツェンの人生を愛情豊かに描きだしている。そうした彼の理想を一八四八年の「二月革命」が打ち砕く。しかも彼は、耳の不自由な息子と愛妻ナタリーをほぼ同時に失い、その失意から立ちあがるには、フランスを出てドーバーの海を渡るしか手立てはなかった。それから十年、ロンドンに設立した出版所での活動を中心に、彼は、生涯でももっとも輝きに満ちた日々を送る。

『ユートピアの岸へ』の舞台を観る前から、わたしにはひとつだけ予感があった。九時間に及ぶドラマのなかで、きっと一度はドストエフスキーについての言及があるはずだ、わたしがストッパードなら(僭越ながらも)そうする、と。その予感はあたった。しかしこのドラマから、ドストエフスキーなど同時代のロシアにまるで存在しなかったかのような印象を受けた。ことによると、これこそが客観的な十九世紀ロシアの歴史像だったのかもしれない。

農奴解放後間もない一八六二年、作家は、ロンドンにゲルツェンを訪れ、シベリア流刑の記録『死の家の記録』を進呈している。ゲルツェンは、そのときの印象を「素朴で、必ずしも明晰《めいせき》ではないが、非常に愛すべき男だ。熱狂的にロシアの民衆を信じている」と書いたが、それだけである。その後彼が、ロシアの雑誌に連載された『罪と罰』を読んだ形跡もない。

わたしは想像する。変節者ドストエフスキーがもしこの舞台を見たなら、どう考えただろうか、と。彼が「野太い」と批判した革命家チェルヌィシェフスキーは、その後、四半世紀以上のシベリア流刑を嘗《な》め、舞台の主役ゲルツェンも、計八年の流刑生活を送った過去があった。それでも、理想の火は消えなかった。そんな彼が、変革の狂おしい理想の傍らで子どもの死を嘆き、妻への嫉妬に狂う姿は、逆に場違いと思えるほど神々《こうごう》しい。

「子どもの目的は大人になることじゃない。子どもの目的は子どもでいることだ」

恐らくドストエフスキーも、文句なしに同意したはずのセリフである。「二二が四は死のはじまり」として人間存在の不合理性の追求に倦むことを知らなかった彼だが、作家としてロシアで生きていくには、内なる検閲と外なる革命家たちの、この、圧倒的な声の強さのまえに、何度も体を竦《すく》めてみせなくてはならなかった。

楽園喪失

二〇〇四年一月、バーゼル

乳色の靄《もや》に包まれた山間の鉄路をインタシティがひた走る。クリスマス休暇最後の日曜日のせいか、どの車両も乗客はまばらで、悠然と足を組み、朝刊を広げる乗客の姿は、休日のJR山手線と変わらない。

チューリヒを出てしばらくすると、右手にライン川の支流が見えてきた。車窓に眼を凝らすうち、線路とじゃれあいながら近づいては遠のいていく渓谷に驚くべき光景を発見した。フード付きのトレーニングウェアをまとった中年男が、朝靄を掻きわけるようにして一人カヌーを漕いでいる。ああ、何という贅沢な楽しみをスイス人は知っていることか……。

アルプス山中に源を発するライン川は、アルザスの野への滑走を終えた地点で、北へと流れを変える。目的地バーゼルがその分岐点らしい。遠ざかる白い山々を眺めるうち、『白痴』の一節が思い出されてきた。

「眼の前には光り輝く青空がひろがっていた。下のほうには湖があり、四方には果てしも知らぬ明るい無限の地平線がつらなっていた。彼は長いことこの風景に見とれながら、苦しみを味わっていた」

癲癇に苦しむ主人公のムイシキンが、ほとんど口もきけぬままスイスで過ごしはじめた頃を回想する場面である。

わたしのバーゼル行の目的は、一枚の絵にあった。十六世紀ドイツの画家ハンス・ホルバインが描いた『墓の中の死せるキリスト』――。

中庭正面に見えるガラス張りの豪華なエントランスをカメラに収めたわたしは、狩人のような猛々しい目を左右に走らせながら、美術館内を渉猟しはじめた。ホルバインの名を刻んだ直径五メートルほどの円形ホールが見え、やがていきなりわたしの目線と同じ高さにその絵が現れた。ああ、どれほどこの瞬間を夢みてきたことか。

長距離ランナーのように筋張ったイエスの死体は、硬直と脱力の凄まじい戦いを物語り、シーツの端にかけられた中指の先が、死の恐怖の一瞬をかぎりなく繊細に記録する。

「こんな死体を眼の前にしながら、どうしてこの受難者が復活するなどと、信じることができたろうか？」

この絵のレプリカを見てこう告白したのが、『白痴』に登場する結核病みの少年イッポリートだが、まさにこれはドストエフスキー自身の感慨でもあった。

検死官の目で、舐めるようにキャンバスに見入る。この絵の迫力は何よりもその白目にある。四肢にうがたれた釘跡は痛ましいかぎりだ。右手の甲は赤く血が滲《にじ》んでいるのに、右足の甲はまるで何かが齧《かじ》ったようにざっくり口をあけ、中から白いものが覗いている。蛆《うじ》か……。

円形ホールで、もう一枚別の絵がわたしの興味を惹いた。縮れ毛の浅黒いアダムが、放心顔のイヴの、白くふくよかな肩に腕を巻きつけている『アダムとイヴ』――。アダムといい、イヴといい、その顔だちには崇高さのかけらもなく、ごくありふれた市《し》井《せい》の労働者といった趣である。わたしが吸い寄せられたのは、イヴの手ににぎられた青リンゴの噛み跡だった。これもまたざっくりと口を空けたその奥に何か、黒いしみのようなものがみえる。

ホルバイン研究家によれば、当時、ドイツでは、「死(モルス)」と「齧る(モルス)」の地口(「人間のリンゴの最初のひと齧りが、世界に死をもたらした」)がはやったというから、この齧りかけのリンゴこそは、楽園喪失と死のシンボルということになる。ああ、何という深いかげりに満ちた時代だったことか。

時間が迫っていた。わたしはこれを見納めにと『墓の中の死せるキリスト』を改めて振り返った。恐ろしい衝動が襲ってくる。わたしの目は、イエスの胸元の傷に吸い寄せられている。右の手にうずきが走る。「疑り深いトマス」を襲ったあの不吉な欲望。一歩近づき、さらに一歩近づく。悪魔のささやき声が聞こえる。

「一生に一度だ！」

ドナウの黄昏

二〇〇四年九月、ベオグラード

「私は東方に行き、聖アトス山では八時間の晩禱式《ばんとうしき》に耐え、エジプトに行き、スイスに住み、果てはアイスランドにも行った。ゲッティンゲンではまる一年、大学で聴講した」――。

ひとり旅は、孤独との戦いである。つくづくそう思う。ミラノ・マルペンサ空港を飛び立ったアリタリア機は、東へ千キロの彼方にあるセルビアの首都ベオグラードをめざして順調に飛行を続けていた。わずか二時間のフライトだが、地上の眺めにもとくに興味をそそられず、ゾーシチェンコというソ連時代の風刺作家の書いた長編小説に集中していた。鬱病に長年苦しめられた作家の自伝小説である。

空港で拾ったタクシーの運転手は、じつに陽気な男で、日本人を乗せて走るのは初めてだという。そんな彼の親切に助けられ、コソボ紛争中、北大西洋条約機構(NATO)軍からピンポイント爆撃を受けた建物をいくつか見て回ることができた。

翌日の昼、ベオグラード大学での用務を終えたわたしは、通りがかりのネットカフェで観光情報を集め、ホテルに戻った。

待望の作業が待っていた。

『悪霊』の一章、俗にいう「スタヴローギンの告白」の翻訳である。ある出版社から、テクストの翻訳とその読解という二部構成からなる新書の執筆を依頼されていた。作品の一部とはいえ、ドストエフスキーを翻訳する喜びは何ものにも代えがたかった。疲れを感じると窓辺に立ち、家並みの間にかすかにのぞくサヴァの流れに目をやった。翻訳はやがて、すべての悪に倦み果てた主人公の世界遍歴をつづる一節にさしかかった。

主人公が最初に訪れる遍歴の地ギリシャ・アトスは、「女人禁制」の大修道院があることで知られている。八時間に及ぶ「夕べの祈り」のなかで彼は何を思い、何を願ったのか。

アトスを出た彼は、地中海を船で渡り、エジプトに向かった。むろんエジプトでは、カイロからの遠出を試み、ギザのピラミッドを仰ぎ見たことだろう。

この、極度に圧縮された旅の記録のなかで、はて、と首を傾げたくなる場所が一つある。アイスランドである。語り手は、彼が「学術探検隊」にまぎれこんで赴いたと書いている。

ロシアの研究者サラスキナ女史によると、当時ロシアでは、ヴェルヌの冒険小説『地底旅行』の翻訳が出され、それがこの「告白」にも影響しているという。ご存じのように『地底旅行』は、とある鉱物学者が、古アイスランド語で記された羊皮紙から、地球の中心に通じる道が島の休火山にあることを知り、探検に出る話である。

スタヴローギンのアイスランド行きは、魂の救済を求めたアトスの旅とは、根本から意味を異にするものだった。すべての悪に倦み果てた男に、「地底」を見るどんな知的快楽があったというのだろうか。ここからは空想でしかないが、わたしはこう推理する。彼は、地獄を、世界の果てをのぞきこみたかった、と。

ホテルの窓から差し込む光は、夕暮れが近いことを告げていた。わたしは慌てて町に出た。ドナウの流れだけはどうしても一目見ておきたかったのだ。わたしの脳裏をテオ・アンゲロプロスの映画『ユリシーズの瞳』の一場面がかすめる。ハーヴェイ・カイテル演じる主人公Aはここベオグラードで、レーニン像を乗せ、ドイツに向かってドナウを遡行する貨物船を、降りる。

歩いて十分ほどの道を、カレメグダン公園に向かって歩きだした。夕日に照らされたドナウは美しく壮大だった。しかし、それ以上の感慨はなかった。逆に感慨に浸ることのできない自分にいらだち、いまある自分の卑小さという思いばかりが募ってきた。この町にあって、いま、だれにも必要とされることのない人間。それにもまして、自分の人生がすでに終わっているという、奇妙な実感。このドナウの流れとも無縁に、歴史の一ミリほどもない余白の奥に消えようとしている自分……。

「パリの奇跡」

二〇〇四年一月、パリ

心ひそかに「パリの奇跡」と自負している発見がある――。

バーゼル美術館で観た『墓の中の死せるキリスト』の余韻も覚めやらぬまま帰国の途についたわたしは、トランジットの都合でやむなくパリに一泊するはめになった。いつもの習慣から、ろくに下調べもせず選んだホテルは、チュイルリー公園裏手にある三ツ星のXホテル。

当時、わたしは、自分が立てたある仮説に夢中で、どこを旅するにもそのことが頭から離れなかった。要約すると次のような話である。かりに、『カラマーゾフの兄弟』の「父殺し」の背後に、作者の自伝的な意味が深く隠しこまれているとするなら、父の死を予感しつつ、父を見捨て家を後にしたイワンは、モスクワではなく、ペテルブルグに行った可能性があるのではないか。小説のなかで、実際に作者の父親が殺されたチェルマシニャーの実名を出し、しかも「父殺し」の実行犯スメルジャコフに、作者自身の宿病ともいえる癲癇を背負わせるほどの凝り具合であれば、当時、彼がペテルブルグの工兵学校で勉学に励む身だったという事実もどこかで暗示されているにちがいない。そんなふうに自伝的ディテールを小説に持ち込む行為が、かりに一般読者の目に異常と映り、どれほど自己満足のそしりを浴びせられようと、敢えてそれをすることこそ作家の本能というものではないか、と考えたのである。

ある時などは、この仮説へのこだわりが高じて、作者の分身であるイワンは実際にペテルブルグに向かった、にもかかわらず作者は小説に嘘を書いているのではないか、とまで妄想するほどになった。そして改めて小説の頁をめくり、それが妄想にすぎないことを確認したうえで、夜七時、モスクワ行きの列車に乗り込んだイワンの心中に思いをはせたものだ。

「喜びのかわりにとつぜん黒々とした闇が心をおおい、これまでいちどとして味わったためしのない悲しみが、胸のなかに疼《うず》きだした」

イワンは、その後、モスクワで父の訃報に接し、再び夜行列車で故郷に戻ってくる。わたしが乗ったのと同じ大ノヴゴロド行きの列車である。そしてその彼に向かって実行犯の下男スメルジャコフがこう突きつける。

「あなたが主犯なんです」

身に覚えのない「事実」が、イワンの心を徐々にむしばみ、「父殺し」の「認知」へと彼を誘っていく。まさにギリシャ悲劇を思わせる原罪のドラマ——。

しかしいかに辛抱強い作家でも、わたしの勝手な妄想に本気でつきあう気はないようだ、と半ばあきらめの気分でいた。ところが、そこで「奇跡」が起こった。

空港からバスとタクシーを乗りついでXホテルに着くなり、読みかけの原書を机に放りだしたままベッドに倒れこんだ。一時間近く眠ったろうか。寒気と空腹でふと目を覚ましたわたしは、おそろしく憂鬱な気分で机に向かった……。

だれが、その頁を開いたのか。左頁真下にある二行詩がぼんやりと浮かびあがり、「ピーテル」のロシア語が目に入ってくる。ああ、これはペテルブルグの略称……。するとと、ふとまた、その手前にある「ワーニカ」の単語が目に入った。ああ、これは、イワンの略称、と思った。と、その瞬間、頭のなかで何かがちいさくはじけた。

ああ、イワンは都《ピーテル》に行きました
わたし、あの人あきらめます！

何と、「イワンは、ペテルブルグに行った」と書いてある！　それも百姓の戯歌《ざれうた》に見せかけて！　イワンってだれだ。むろんイワン・カラマーゾフだ。わたしってだれだ。むろんスメルジャコフだ。要するにスメルジャコフは自分を見すてたイワンを逆に見切ったということだ。しかし話はそれだけで終わらない。ああ、長年、頭に描いてきた仮説がこれで説明できる。

その二行詩は、酒に酔った百姓が吹雪のなかで口ずさむ失恋の歌だった。すれ違いざまにその歌を耳にしたイワンは、激烈な怒りにかられて、その百姓を突き飛ばしてしまう。怒りの理由は、小説をとことん読み切った読者でもおそらくわからない。しかしその怒りとは、表だって口にできない「父殺し」の秘密を読者に明かし、そこにひそむ伝記的な意味を探らせようとする作者ドストエフスキーの精一杯の演技だったのではないか、とわたしは思う。

最高に冷静な読者

二〇〇四年三月、ロンドン

二年半ぶりの訪問――。日露戦争開戦百年を「記念」する国際シンポジウムでの報告を予定していた。恐ろしく気が重かった。会場となったロンドン大学バークベック校のホールでは、ひたすら英語の活字を声にするだけで力尽きてしまった。質疑応答となると、もう、しどろもどろだった。しかし何より、自分のなかですでに終わっているテーマを語る虚しさがあった。わたしの心は、ドストエフスキーとスターリンという二つのテーマに引き裂かれていた。

慌ただしい一日が暮れると、何もすることがなかった。

翌日の昼近く、大学から数分の距離にあるラッセル・ホテルを出たわたしは、何かしら説明のつかない重い気分を抱えながら、ガワー通りに出た。さしあたり行き先に定めていたのは、英国にわたった夏目漱石が最初の逗留先に定めたアパート跡と、その横並びにある有名なウォーターストーン書店――。いずれも、ホスト役をつとめる日本人教授から、バークベック校のキャンパス案内ついでに教えてもらった場所である。

ガワー通りを漱石の下宿跡に向かう道すがら、漱石の『こころ』を読んだ高二の夏を思い出した。その年の校内の感想文コンクールで、わたしの小さな『こころ』論が三等賞になった。記憶に誤りがなければ、その時の一等賞は、『海軍主計大尉　小泉信吉』の感想文を書いたT君。彼はいま、どこで何をしているのだろうか。

『こころ』は、当時、三角愛の妄想に苦しんでいたわたしの心をいたく苛んだ。わたしが片思いをしている女性は、ことによるとわたしの親友が好きで、わたしはその恋の邪魔をしているのではないか、との疑いである。わたしのイニシャルがKであることが呪わしく、『こころ』を読んだことをその友人にだけは知られたくないと思った。いずれにせよ、Kの立場に身を置くわたしに、優越者である「先生」の苦しみが見えるはずもなかった。ただ、愛する「お嬢さん」がKの部屋で屈託なく談笑している場面で「先生」が感じる嫉妬の苦しみだけは理解できた。しかしそれは「先生」に固有の感情というより、先生とKがともに共有しあった苦痛だったのではないか。思えば、二人は分身同士の関係にあったのだ。

物語がはらむダイナミズムと、迂回に迂回をかさねる物語の進行とのズレに苛立《いらだ》ちさえ覚えながら、それでも強烈に感応した一句があった。それは、Kに先を越されたと感じた「先生」が、八方ふさがりの状況で経験するはげしい衝撃……。

「私の頭は悔恨に揺られてぐらぐらしました」

いまにして思えば、『こころ』は、ドストエフスキーが、『カラマーゾフの兄弟』で描きあげたドラマと同じ原点に立っていた。「遺産相続」から派生する兄弟の葛藤とその行きつく先に現れる「父殺し」のテーマである。師漱石の言葉を、ドストエフスキー翻訳者でもあった森田草平がこう記している。

「なにもドストエフスキーの描くような異常な局面ばかりが深刻な人生を示唆するものとは限らない。もっと平凡な生活のうちに深刻な人生を暗示するものがいくばくもある」

しかり。しかし、そういう漱石こそ最高に冷静なドストエフスキー読者だったのではないかと思う。人間の「原罪」は、まさに「平凡な生活」そのものに潜むからこそ、わたしたちの心をとらえ、人生の糧となりえるのだ。

では、翻って『こころ』は、「平凡な生活」をつづった物語と言えるのだろうか。けっしてそうは思わない。小説に描かれている世界はむしろあまりに生々しく、はげしく、毒々しい。「高等遊民」である先生のなかにむきだしとなるエゴイズムは、やはり自死に値する「裏切り」だったのではないか。明治の精神はそのようなエゴを決して許そうとはしていなかった……。

ロンドンでの漱石の最初の下宿先は、こげ茶のレンガに、窓枠やドアを白のペンキでくっきりと際立たせた、質素な造りの建物だった。滞在はわずか二週間というから、ここでの暮らしが彼の作品に影を落とすことはなかった。ガワー通りの敷石にたたずみながら、わたしはふと、ロンドン時代の漱石が、恐ろしく自閉的だったことを思い出した。ことによると、『こころ』にいたる漱石の「地下室」は、まさにこの七十六番地が原点だったのかもしれない。

裁ち割られた書物

二〇〇四年三月、ロンドン

漱石が逗留《とうりゅう》したアパートの横並びに、英国一を誇る書店チェーン「ウォーターストーン」のガワー支店があった。学術書の品ぞろえでは、ヨーロッパ随一ともいう。みかげ石にレンガを積み上げた、アールデコ風ながら重厚な造りの建物である。

何をあわてたのか、脇目もふらずレジに突きすすんだわたしは、若い書店員にいきなり「スターリンに関する本はありませんか」と英語で話しかけた。店員は驚いた様子で、何の「スタイル」の本でしょうか、と聞き返してきた。

「スタイルじゃなく、スターリンです、ソ連の政治家の……」

ちぐはぐなやりとりが五分ほども続いた。その間、店員は「スタイル」と組み合わせ、「ロシア」やら「ソ連」やらの単語をせっせとパソコンに打ち込んでいたようだ。やがて話は通じ、「なあんだ、スターリンでしたか」と間延びした声が返ってきたが、そのときの「Stalin」の発音の何と美しかったこと。

案内された歴史書のコーナーで真っ先に目に止めたのが、分厚いペーパーバックだった。タイトルに『スターリンの秘密ファイル』とある。スーツケースのサイズを考えると、食指は動かなかった。それに、「秘密」などという単語が入った本にろくなものはない(偏見だろうか?)、と内心で思い、いったんは平台に戻しかけたが、食指ではなく、予感が動いた。

ウォーターストーン書店を出たわたしは、心地よい春風に頬をなぶられながら、ガワー通りをテームズ川方面に向かって歩きだした。後学のためにと、ロンドンっ子ご自慢の観覧車「ロンドン・アイ」にも上り、西の方角を遠くに望んだ。九・一一のあの日、暮れかかるハイドパークから眺めた夕日が蘇ってきた。

帰国してから一年ほどたったある日、それまで手にとらずにきた『秘密ファイル』のタイトルが、それまで記憶していたのと微妙に違っていることに気づいた。「ファイル」が単数形になっている。そういうことか!

わたしはたちまちこの本に没入しはじめた。夢中にならないわけはない。かねて漠と抱きつづけてきたスターリン像が、そこにものの見ごとに結晶していたのだ。グルジア出身のこの独裁者は、帝政期に二重スパイであった事実を消すため、みずからの過去を知る同志たちを次々と血祭りに上げていった、それこそが大テロルの隠された歯車だ、というのである。

通勤電車の中でも、フィットネス・クラブでも、それこそ貪るように読みふけった。そのうち、持ち運びの不便さだけは何ともがまんできなくなった。残された手段は一つしかなし。きっと、興奮していたのだろう。

ある日、わたしは、本の中間部、正確には、二三八〜二三九頁を開き、その両肩をわしづかみにすると、渾身の力を縦に込めた。生まれてはじめての経験だった。本は真っ二つに割れ、背表紙の Stalin の文字の並びに横一線の亀裂が入った。一瞬のさわやかな快感ののち、体の奥から何やら血潮のように熱く迸《ほとばし》り出てくるものを感じた。だが、それもつかの間、無残にも裁ち割られた本の右半分を手にとるや、たちまちのうちに後悔が襲ってきた。

ロワ墓地、または苦い後味

二〇一九年十二月、ジュネーヴ

「夕刻、家具付貸家をローヌ川右岸の、ギョーム・テル通り＝ペルテリエ通り角の二階に決める。（……）部屋の窓から、ローヌ川にかかる橋とルソー島が見えた」（L・グロスマン『年譜』より）。

朝八時、ジュネーヴ駅裏のホテルを出て、レマン湖に向かって伸びる目抜き通りを歩いていくと、まもなく前方にローヌ川にかかる大きな橋が見えてきた。橋の右手に、冬枯れの細い枝を延ばした木立が、目印となるルソー島。地図をのぞくと、ルソー島の左上、ローヌ川と並行して走る裏通りの一つに、〈Rue Guillaume-Tell〉の小さな文字が見える。

一八六七年八月、妻のアンナともどもジュネーヴに到着した作家は、ひとまずここに居を定め、活動を開始した。同じ市内で開かれている自由平和連盟国際会議を傍聴し、亡命詩人オガリョーフや革命家のゲルツェンたちと旧交を温めた。むろんその行動は、逐一、ロシアから遣わされたスパイたちによって皇帝直属官房第三部に報告されていた。ちなみに、この時期、彼が向かいあっていた仕事は、『白痴』の執筆だが、ストレスが高じ、質屋通いに疲れると、悪癖がうずきだした。アルプス山間のサクソン・レ・バンにまではるばる足を延ばし、ルーレット賭博での大勝ちに空しい夢を託すのである。

ギョーム・テル通りのアパートと目と鼻の先にあるルソーの銅像をなんどとなく拝みながら、作家はどんな思いに浸っていたのだろうか。敵対する同時代の批評家からしばしばルソーと比較された作家にとって、ジュネーヴ生まれの、この矛盾だらけの啓蒙主義者は、必ずしも自尊心をくすぐられる相手ではなかったようだ。そしてその彼が、ルソーの『告白』を秘密兵器のように用いて意趣返しを試みたのが、『白痴』と『悪霊』の二作品である。いずれの作品でも、同時代のスイスで生じた政治ドラマや『告白』からの引喩が、物語にみごとな遠近感をもたらしている。

ギョーム・テル通りを出て、ローヌ川を渡り終えたわたしの中に、再び「逸脱」の欲望が膨らみはじめた。思い切ってサンピエールの大聖堂まで足を延ばし、クリスマスの朝の厳かな気分を味わうのもよい思い出になるかもしれない。両脇に石造りの店が立ち並ぶ狭い坂道を抜けて大聖堂に入ると、いきなりパイプオルガンの壮麗な響きが聞こえてきた。祭壇の中央には、四メートルほどの高さのクリスマスツリーが設えられている。だが、十時の礼拝がはじまると早々、否も応もなく席を立たざるをえなくなった。この大聖堂よりはるかに大切な訪問予定地があったのだ。それは、ほかでもない、夫妻がジュネーヴ滞在中に失った娘ソフィアの眠るロワ墓地である。

墓地の位置関係はほぼ頭に入っていた。だが、道行く人々の説明は、ことごとく矛盾していた。大聖堂を出て、ジュネーヴ大学を左手に望みながらさらに十五分ほども歩いたところで、「ローヌ」とおぼしき川が現れた。この川沿いの道を左に折れ、少し後戻りすれば、ロワ墓地の北門にたどりつける。少なくとも地図の上ではそうなっている。だが、恐ろしいかな、その時わたしは、ロワ墓地とはまるで逆の方角に向かって歩いていたのだ。偶々《たまたま》、川べりでタバコをふかしていた警察官に聞くと、目の前の川は、この先で「ローヌ」に合流する「アルヴ川」だという。改めて地図を見直し、ロワ墓地との距離の遠さに愕然とする。下手をすると、チェックアウトの時間に間に合わないかもしれない。わたしはただちに、ジュネーヴ大学をめざして踵《きびす》を返した。ナビ代わりに常にバッグに忍ばせているiPadだが、クリスマスの朝なら手ぶらがよい、とばかり、ホテルに置いてきたことが悔やまれた。

明るい冬の日差しのなかに、ロワ墓地はあった。敷地内は、鮮やかな緑の芝生と白のペーヴメントで整然と区画されていたが、おびただしい数の墓石から、愛娘《まなむすめ》ソフィアのそれを探すことは不可能だった。一瞬でもいい、呼吸を鎮め、夫妻の悲痛な胸のうちに立ちたい。だが、その願いも空しく、わたしはただ罪滅ぼしのようにスマートフォンのシャッターを切りつづけた。せめてその一枚に、ソフィアの墓の写真がまぎれこんでくれることを願いながら……。

不思議なことに、わたしがパニックしている間、時間は意外なほどゆっくり進んでいたらしい。駅裏のホテルにたどり着いたとき、時計は十一時を少し過ぎたばかりで、チェックアウトまでまだ一時間近くあったからだ。わたしの心のうちに、幼い死者の霊を汚したかのような、何とも言葉にしがたい苦い後味が募ってきた。思えば、まさにこの「苦い後味」こそが、その日の午後に遭遇した「一大事」の伏線となったわけだ。

ナボコフの呪い

二〇一九年十二月、ヴヴェイ

一昼夜、二十四時間の間に、アルプス山脈を縦断するシンプロン・トンネルを三度通り抜けた旅行客は果たしてこの世に何人いるだろうか。わたしが図らずもその一人となったのは、二〇一九年十二月のクリスマス。この「一大事」の起こりには、いくつか偶然が重なったが、それが例の「逸脱」の産物であったことは、改めて述べるまでもない。

愛娘ソフィアの死をきっかけにジュネーヴを離れたドストエフスキー夫妻は、同じレマン湖のほとりにある保養地ヴヴェイにつかのまの慰めを求めた。本音としては、「スイスのリヴィエラ」と称されるこの湖岸地帯でもとびきり風光明媚な一等地モントルーが望みだったが、夫妻の逼迫した懐事情《ふところじじょう》からしてそこまでの贅沢は許されなかった。

ヴヴェイの住まいは、屋根裏部屋のついた小ぶりな二階建てで、駅前のローザンヌ通りを東へ徒歩で約七分、湖岸まで二百メートルという至便の立地にあった。ただし、昔の写真を見るかぎり、建物の外観はひどく地味で、瀟洒《しょうしゃ》という言葉からは程遠い。作家自身、ヴヴェイでの暮らしに格別な愛着を抱いていた様子はなく、「ヨーロッパ随一の風景のひとつがあるだけで、それ以外何もない」という手紙の一行が、偽らざる心境を表していた。

通りがかりの若い母子連れに頼んで写真を撮ってもらい、湖岸沿いを少し散歩しただけで、早々と駅前に引きあげてきた。予定していたミラノ行きの特急が出るまでまだ小一時間あることがわかった。そこで再び冒険心が頭をもたげた。新たな標的の地は、ほかでもない、モントルー。するとたちまち、この町に縁のある何人かの名前が脳裏に去来しはじめた。ただし、ドストエフスキーとの関わりからいって、ウラジーミル・ナボコフに適う相手はなかった。わが最愛の作家を、「三流作家」「過大評価されたセンチメンタルな、(……)ゴシック小説家」とけなしつづけたナボコフに対し、長く敵愾心《てきがいしん》を抱いてきたことに改めて思いいたる。もっとも、彼の名著『ロシア文学講義』に収められたドストエフスキーの章には、深く頷かせるくだりがいくつかあって、以前、その犀利《さいり》な批判は、かえってナボコフ自身の隠された愛情の証かもしれない、などとあらぬ邪推を働かせたこともある。

駅頭で空しく時を費やすうち、苛立ちが募ってきた。迷った末に、イタリア人と思しき、どこか怪しげな感じのする浅黒い顔のタクシー運転手に声をかけた。男は、訛りのある英語で(目的地までは)「十五分」と答え、同時に、目の玉が飛び出そうな料金をふっかけてきた。クリスマス料金だという。

モントルーの町は、ヴヴェイとは段違いの賑わいを見せていた。わたしはまっさきにナボコフゆかりの「パレスホテル」へと向かい、その外観を写真に収めてから、湖岸沿いに二十分ほどそぞろ歩きを楽しんだ。わたしが、パスポートの次に大事にしていたiPadの紛失に気づいたのは、駅のカフェで遅めの昼食を取り、早めに会計を済ませようと椅子から立ちあがったときのことだ。手荷物をレジに預け、カフェを飛びだしたが、湖岸周辺を早足でひと回りしただけで、空しく引き上げてきた。ナボコフの呪い、と胸のうちで呟きながら。

時刻通りにやってきたミラノ行き特急に、わたしは半ば吸いこまれるように飛び乗ったが、車窓に見え隠れするレマン湖に目をやるうち、決して諦めてはならない何かを今諦めようとしている自分に気づいて愕然とした。列車をパスしてでも、iPadを捜しつづけるべきだったのではないか。

車窓からレマン湖が消えて間もなく、ふと紛失場所に思い当たった。あのタクシーだ。幸い、財布のなかに会社の電話番号と運転手の名前を記した領収書があった。すべてはミラノに着いてからと思い直したが、放心状態は容易に去らず、アルプス山間のカジノ、サクソン・レ・バンを確認する機会すら逸してしまった。

いつしか『悪霊』の世界に思いを馳せていた。午後の密な陽ざしを浴びた山肌に、蝿のようにへばりついて建つ人家がちらほら見える。ああ、あれだ、とわたしは思った。死を決意したニコライ・スタヴローギンが、愛人ダーシャにスイス・ウーリ州へ逃避行を誘いかける一節が浮かんでくる。

「土地はとてもさびしい、渓谷です……とても陰気な場所です」。

翌朝八時二十分発の特急で、ミラノからヴヴェイに引き返した。件《くだん》の運転手は、十五分遅れて駅前に現れた。謝礼に、モントルーまでのタクシー代の二倍をはずんだが、男の顔に笑みはなかった。忘れ物との再会の喜びは、三度目のシンプロン・トンネル越えの印象を台なしにした。途中、サクソン・レ・バンの確認を怠ったばかりか、アルプス山間の風景から、何ひとつ霊的な働きかけを得ることができなかったからである。

まひわの聖母

二〇一九年十二月、フィレンツェ

午後九時、ホテルのドアはぴったり閉ざされている。これはホテルではなく、集合住宅の出入り口だ。帰りかけたタクシー運転手の機転に助けられなかったら、わたしは危うく野宿を強いられるところだった。料金百五ユーロ。ウフィッツィ美術館に隣接し、ヴェッキオ橋まで五分でいける。少なくとも立地に関するかぎり、ジュネーヴの二の舞は避けられる、と踏んで予約したが、いきなり出鼻を挫かれた。待つこと、三十分。革ジャン姿の中年男が、入り口とは反対側の建物の蔭からぬっと現れ、入り口のドアを開けてくれた。

しかし、ともかくも部屋のドアは開かれ、ベッドを確保できた。これから明日の昼まで約十五時間、「花の都」がわがものとなる。下調べは十分ではなかったが、目指す場所は二か所と決めてあった。ドストエフスキーが『白痴』を完成させたピッティ宮向かいのアパートと、彼がウフィッツィ美術館で見たと思われるラファエロの一枚の絵。

グロスマンの『記録』には、こう書かれていた。

「一八六八〜六九年の冬を過ごしに、フィレンツェに行く。ピッティ宮の近くに寓する。妻と寺院、美術館、宮殿を見て回る。ドゥオーモと本寺礼拝堂を嘆賞する。(……)とくにギベルティ作の『極楽の門』に惹かれる。『お金ができたら浮彫りの写真をぜひ買おう、できれば原寸のを買って、書斎にかけてじっくり眺めたい』と妻に言う」

ホテルの鍵を手にしたわたしは、その夜、美術館前の広場に面して建つイタリアンレストランで遅い夕食をとった後、ほぼ二十年ぶりにヴェッキオ橋へと足を向けた。だが、「わがもの」にできる喜びは、十五分と続かなかった。人影もまばらな橋の中央に立ったわたしの胸のうちに、何ひとつ感慨らしきものが起こらない。原因は、老いではなく、疲労にあった。七時間前、わたしは、不安に怯えながら、ヴヴェイの駅前に立っていたのだ。

翌朝、ウフィッツィ美術館に、開館時刻とほぼ同時に入った。幸い、十数人の列に並んだだけですんだ。美術館でどうしても観たいと願った一枚の絵は、ラファエロの「まひわの聖母」。紺と赤に身を包んだ聖母の前で、裸の幼児イエスと茶の衣をまとった洗礼者ヨハネが、一羽のまひわをめぐって戯《たわむ》れる図である。解説によれば、ゴルゴタに向かうイエスの頭上に舞い降りたまひわは、茨の冠をついばもうとしてイエスの血を浴び、以後、その羽には赤い斑点が残されたという。三十年後に襲いかかる不幸など知るよしもない幼児イエスは、みずからその不幸を招き寄せようとするかのようにまひわに手を差し伸べている。だが、洗礼者ヨハネの、喜々とした横顔と対照的に、イエスの目は、病的で、鋭く、暗い。もはや幼児の目ではない。

わたしはかねてこの絵のもつ構図の謎が解けずにいた。聖母とイエスの絶対的な絆に割って入るかのような洗礼者ヨハネの少し不気味な存在感。ある時ふと、思い当たった。この絵は、ドストエフスキーがひそかに思い描く『白痴』の深層構造を写し出しているのではないか。その解釈にならえば、図の中心に描かれた聖母とは、ほかでもない、ナスターシヤ・フィリッポヴナということになる。荒唐無稽な仮説とわかっていたが、そう思わざるを得ない何かが、『白痴』本体とこの絵に共通してあるような気がした。ことによるとドストエフスキーもまた、この絵に、何かしら微妙な不協和音を見てとったのではないか。

ウフィッツィ美術館を出たわたしは、再びヴェッキオ橋を渡り、ピッティ宮広場までやって来た。だが、広場前の通りをなんど往復しても、それらしき場所に辿りつけない。道行く人に「ドストエフスキーのアパートは？」と声をかけるのだが、相手は目をふせ、首を横に振るだけだ。

最後は、いつもの iPad 頼みとなった。すると思いがけず、めざすアパートの前に立っていることがわかった。アーチ形の通用口を塞《ふさ》ぐようにして駐車するワゴン車が、わたしの視界を遮っていたのだ。仰ぎ見ると、クリーム色の壁に貼られたアルミのプレートが、朝の陽ざしに映えている。型通りの文句を刻んだだけのプレートだが、このフィレンツェで唯一、わたしにじかに繋がりのある場所だと思うと、得も言われず愛着が湧いた。

ドストエフスキーが何度も足を運んだドゥオーモこと「花の聖母大聖堂」にまで足を運ぶだけの時間はなかった。作家の大のお気に入りであるギベルティ作『極楽の門』とは、もう、ウェブ上でしか会えないかもしれない。再びヴェッキオ橋を渡り、ホテルへの道をたどる。途中から長蛇の列が見えてきた。目算で、二百メートル近くあるだろうか。いうまでもなく、ウフィッツィ美術館に向かう観光客の列だ。その時、わたしはひそかな優越感に浸りつつも、まるで逃亡者のような奇妙な罪の意識にかられていた。わたしがこの町で得た戦利品は、一枚のプレートと一幅の絵の記憶、そして数カットの写真しかなかったはずだが……。

水の迷宮

二〇一九年十二月、ヴェネツィア

ヴェネツィアが、五十年ぶりの高潮に見舞われ、サンマルコ広場が冠水したとのニュースに接し、心が騒いだ。来るべきときが来た、という思いが頭をかすめた。観測史上二番目とされる水位は、一メートル八十七センチ。わたしは、ただちに、「北方のヴェネツィア」サンクトペテルブルグを襲った洪水の歴史に思いをはせた……。

午後三時、ボローニャ発ヴェネツィア行きの特急列車は、サンタルチーア駅に到着した。列車がラグーナを二つに割くようにして突っ走る感覚は、さながら異次元に向かうタイムマシンの乗り心地を思わせた。駅頭に立ち、すでに夕日がにじむ眩しい光のなかに人々の姿を見るうち、喜ばしい予感が湧き起こってきた。ヴェネツィアは生きている。

今回の訪問では、サンマルコ寺院のモザイク画と、アカデミア美術館の二つに的を絞ったが、訪問の意図のどこかに、冠水の爪痕を見たいという気持ちが働いていたことは否定できない。それにはわたしなりの理由があった。

　ドストエフスキーにとってヴェネツィアは、若い頃からの憧れの町である。後年、彼は、ペテルブルグ工兵学校時代を思い起こしながら書いている。

「わたしは、たえず頭の中でヴェネツィアの生活に取材した長編小説を作っていました」（『作家の日記』一八七六年）

　それから四半世紀近くを経た一八六二年、最初のヨーロッパ旅行を企てた際、彼はこの憧れのヴェネツィアに立ち寄ったが、そのときの印象は一行たりとも残されていない。それからさらに七年を経て、今度は妻アンナともどもヴェネツィアを訪ねることになるのだが、このときも自分のヴェネツィア体験には直接ふれず、サンマルコ広場に感激した妻アンナがスイス製の扇子を失くした失態について書いているだけだ。その実、彼は、四日間のヴェネツィア滞在中、朝な夕なにサンマルコ寺院を訪れては、モザイクの美を堪能したのだった。

　ただし、帰国後のドストエフスキーの意識の中から、ヴェネツィアの記憶が消えることはなかった。『未成年』の創作ノートにしばしば現れるバイロンの叙事詩『ベッポ』への言及がその大切な証だが、より直接的には、『カラマーゾフの兄弟』第二部の終わり、カラマーゾフ家の主フョードルが、モスクワへ旅立つ息子イワンに向かって次のように問いかける場面が思い出される。

「で、これからどこへ出かけるだって、ヴェネツィアか？　おまえのヴェネツィアは、一日、二日で廃墟になったりせんよ」

　問題は、ヴェネツィアと「廃墟」のイメージの不自然な結びつきにある。わたしの仮説ではこうなる。このときフョードルの頭のなかで一瞬、混乱が生じた、すなわち水の都ヴェネツィアと、ヴェスヴィオ火山の爆発で一夜にして廃墟と化したポンペイとの混同である。そして右に引用した場面を描く作家の脳裏を、カルル・ブリュロフの名画「ポンペイ最後の一日」が占めていた、ことによると彼は、「北方のヴェネツィア」がいずれ水没する運命にある、という民間の伝説にまで連想を働かせていたかもしれない(「ペテルブルグ、空なるべし」)。だが、この仮説でも解けない謎がある。そもそもフョードルは、なぜ、モスクワ行きを公言するイワンに向かって、その行先を「ヴェネツィア」と勝手に決めつけることができたのか……。

　ヴェネツィアでは、悲しいほど時間にお釣りができてしまった。サンマルコ広場のモザイク画「最後の審判」の前でも、アカデミア美術館でも、贅沢すぎるくらい時間を費やすことができた。衝撃的だったのが、ボニファーチョ・ヴェロネーゼの『幼児虐殺』である。ユダヤの支配者ヘロデ王がベツレヘムで二歳以下の男児を虐殺した故事に由来する作品だが、キャンバスの左下に描かれた幼児の死体に見入りながら、ドストエフスキーの感想を聞きたいと切に思った。

翌日、早い散歩を終えたわたしは、人の流れが逆になっているのにいささか不安を覚えながらホテルへの道を急いだ。ヴェネツィアを地図なしで歩けるひとは、土地の人か、歩き慣れた観光客にちがいない。途中、わたしの脳裏に、なぜか突然、ニコライ・フョードロフの名が浮かびあがった。フョードロフとは、科学の力による死者の復活を、キリスト教における最高のミッションととらえた世紀転換期の思想家である。前日、アカデミア美術館で見たヴェロネーゼの絵の影響だったろうか。死者の記憶をよみがえらせるべき空間としての美術館に、あの幼児は、白目を剝《む》いたまま永遠にとり残される。この矛盾を、フョードロフはどう説明できたろうか。

ホテルに戻ったわたしは、出発までの二時間、もうどこにも行かず、部屋で心を鎮め、午後の出発に備えることにした。駆け足に終わったフィレンツェに嫉妬されないためにも、そうするべきだと思った。幸い、部屋の冷蔵庫には、朝食時につくった昼用のサンドイッチと、昨晩飲んで気に入ったサン・ガヴリエルのビールが一本、残っていた。

「黄金」の時　二〇一九年十二月、ヴィースバーデン

「ヴィースバーデン、万歳！」

ギリシャ風の円柱が立ち並ぶクアハウスの表玄関を出たわたしは、噴水の前を横切り、ヴィルヘルム通りへと向かった。一瞬、身の軽さが気になった。この十日間、リュックとスーツケースをつねに道連れにしてきたせいだとわかった。慌てて、ウェストポーチのチャックを開く。パスポート、クレジットカード、携帯、すべて揃っている。ということは、事は順調に運んでいる証だ。周囲には不審な人影もなく、最近話題の武装「ネオナチ」に襲われる心配もない。むしろ、車の往来もまばらな通りを横切る恐怖が先に立った。興奮のあまり、信号無視をおかす危険性があったからだ。そのくせ興奮が冷めるのを恐れて、ダウンジャケットの内ポケットから iPad を取り出し、「うわごと」を記録しはじめた。そうしてひとり呟きながら十五分ほど歩きつづけるうち、正面にふいに駅の明かりが見えてきた。iPad のバッテリーはとうに切れ

ていた。

それにしても何というドラマティックな幕切れか！　わたしはにわかに運命的なものを感じて、あれこれ思いをめぐらしはじめた。わたしが、ルーレットでゼロを引き当てるという幸運、その芽は、いつ、どの時点で生まれたのか、と。すると思いもかけず、フィレンツェの町の光景が頭に蘇った。ドストエフスキーお気に入りの『極楽の門』を写真に収められなかった悔しさ。だが、わたしの運命を変えた決定的モメントは、何といってもこのiPadにあると直感できた。いったんはわたしの手から離れたこのiPadこそ、「運命の女神」だ、と……。

二〇一九年十二月、わたしは、ドストエフスキーのヨーロッパでの足跡をたどる旅に出た。内心では、その旅を、「ルーレッテンブルグ行」と呼んでいた。ルーレッテンブルグとは、文字通り、「ルーレットの町」。作家が当初、『賭博者』に与えていたタイトルである。他方、『賭博者』の翻訳を終えたばかりのわたしは、次に『未成年』の翻訳に向かうにあたって、何か胸のうちでもやもやするものを吹っ切らなくては進めないという感じになっていた。要するに、『賭博者』を翻訳中、そこに描かれた場所の感覚がまったくといってよいほどつかめなかったのだ。そこで、ルーレッテンブルグ行の計画を立てた。『白痴』を書きあげ、『悪霊』に手を染め、『未成年』を構想する一八六七年から七一年にまたがる四年余、ドストエフスキーははたしてヨーロッパに何を見ていたのか。原則一日一都市、まさにバックパッカー並みのスケジュールだが、その旅の最終日に選ばれた訪問地がヴィースバーデンというわけだ。

フランクフルトから特急で約五十分、ヘッセン州の州都ヴィースバーデンは、バーデンバーデンと並ぶカジノ都市として古くから知られてきた。カジノの施設が収まるクアハウスは、二十世紀に入ってまもなくリニューアルされたもので、ドストエフスキーが実際に通ったカジノとほぼ外観は同じながら、建物のスケールはひと回り拡張されていた。ドストエフスキーはここのカジノで有り金《がね》すべてと時計その他を失い、ホテル代の精算がすむまで軟禁を強いられた。そしてそこで書き起こされた小説こそが、世界文学に名だたる『罪と罰』だったのだ。

ヴィースバーデンに到着して早々、わたしは、ドストエフスキーが敗れたカジノをひと目見ようとホテルを出た。クロークの女性に、「ぼくは、日本から来たドストエフスキー研究者だ。彼が、実際にルーレットに興じた場所を見てみたい」と告げると、女性はにこりとしてドア口に立っている制服姿のボーイを指さした。「あの男に言いなさい」のサインだった。

まんまとホールに潜り込み、ボーイの目を盗んで写真撮影のチャンスをうかがうち、矢も楯もたまらず一勝負したくなった。ドストエフスキーの意趣返しとでもいわんばかりに。

結果から先に述べると、わたしはホール隅にある薄暗い窓口で百ユーロをチップに変え、九番目の勝負で「ゼロ」の大当たりをものにした。そしてわが師の轍《てつ》を踏むことを恐れ、潔くテーブルを離れた。帰り際、クロークの女性に、「あなたが勝利の女神だ」とお世辞をいい、二十ユーロを差しだすと、女性は会心の笑みを浮かべ、わたしを入り口と反対側のロビーへ手招きした。

「あの庭先にドストエフスキーの彫像があるわ。明日の朝、見にいらっしゃい」

ホテルに戻ったわたしは、一階ラウンジでビールを注文し、ジーンズの腰のポケットから、記念のチップを取りだしてカウンターに並べた。さながら、一夜にしてロスチャイルドにでもなった気分だった。『未成年』の主人公アルカージーが夢見た「力と孤独」の感覚。人生の終わりに、わたしはきっとこの日の出来事を隈なく思いだすにちがいない。二〇一九年十二月、ヨーロッパ全土がコロナ禍に襲われる前夜、わたしの人生を訪れたつかのまの「黄金」の時、を。

Ⅸ　ひそやかな部分

続編を空想する(一)

二〇〇七年八月、東京

偶然というのは、時として嬉しくもあれば、恐ろしくもある。

『カラマーゾフの兄弟』を完成したドストエフスキーは、編集者宛ての手紙でこう感慨深げに綴った。

「書くのに三年、載せるのに二年、わたしにとって意義深い瞬間です」――。

作家の心はこの時、「カラマーゾフ、万歳」の掛け声に続く続編の構想ではちきれんばかりだった。しかし彼は、それからわずか三カ月でこの世を去った。享年五十九――。

原稿用紙三千枚の翻訳を終えたわたしもまた、興奮の極にあって「あとがき」にこう書いた。

「翻訳に一年半! 出版にまる一年!」――。

僭越ながら、嬉しい偶然だった。時間だけを見れば、作者の半分のエネルギーは注いだことになる。しかも完成当時、わたしは数えで、作家と同じ五十九歳――。

四月初め、最終巻の初校を受けとったわたしは、担当の編集者Kさんを銀座のワインバーに誘った。酔いが回り、舌も滑らかとなって、わたしはかねて温めておいたプランを口にした。『カラマーゾフ』の続編を空想する内容の本を作ってみてはどうか、と。タイトルもその場で決まった。すると週明け早々、編集部の会議でゴーサインが出たという電話が入った。やれやれ、また厄介な荷物を背負いこんだと思ったが、この本はこの瞬間をおいて永久に書けないという信念にも似た予感があった。

『カラマーゾフ』最大の謎の一つは、第四部第十編「少年たち」にある。すでに「父殺し」をめぐる物語の先行きも見え、真犯人の存在が明らかになりつつある一方、長男ドミートリーが無実の罪で裁かれようとしている。ところが、物語がこうして大団円に向けいよいよ加速しはじめる段になって、なぜか、名もない少年たちの一群が登場し、物語の道すじを混乱させる。しかも首領格の少年コーリャにまつわる話が珍妙きわまりない。鉄道レールの間に横たわる肝試し、火薬の作り方、片目の犬を調教するエピソード。作者はそれらのディテールにどう後始末をつける気でいたのか？

そうした折、作家の大江健三郎が『カラマーゾフ』の中でもとくにこの第十編に注目していることを知った。わたしはすぐ学生時代に読んだ『洪水はわが魂に及び』を思い出した。地球規模の惨事を予感し、海に出て自由人になるという夢を抱く少年たち「自由航海団」の物語である。背景には明らかに連合赤軍事件の影があった。そして彼ら少年たちを教育する主人公「勇魚《イサナ》」が教材に用いるのが『カラマーゾフ』の英訳なのだ。

「人間よ、動物に威張りちらしてはいけない」

ほかでもない、ゾシマ長老の説教の一部である。わたしの妄想は徐々にフル回転しはじめた。小説に登場する少年たちは「自由航海団」ならぬ「カラマーゾフ教団」を組織し、すでに二十七歳になったコーリャを指導者と仰いで、反政府運動に動きだす。教団は、鉄道爆破によって皇帝の命を狙うが失敗に終わり、裁判にかけられたコーリャには、一度は極刑が、しかし最後には皇帝の恩赦が下される……。

八月に入り、新書の発売まで一カ月足らずと迫っていたが、「わたしの主人公」アリョーシャの最後が何としても決まらない。ネックは、『カラマーゾフの兄弟』のエピグラフに置かれた聖書の一句「一粒の麦は、地に落ちて死ななければ」だった。この引用は、あたかもアリョーシャの死を暗示しているかのように見えた。しかしこの「一粒の麦」はほんとうにアリョーシャを暗示しているのか？　考えようによっては、こういう仮説も成り立つのではないか。つまり、『カラマーゾフの兄弟』を書きはじめた時点で、アリョーシャの運命はまだ決せられていなかった、ドストエフスキーはただ、「一粒の麦」における自己犠牲のイメージのみを優先させる形でエピグラフに選んだ、と……。セリフを覚えきれぬまま舞台に立たされる役者の気分だった。だれが悪いのか。続編を空想する責任は、作家に代わってわたしがとらなくてはならない。作家の声が降りてくるような気もするが、正確に聴きとれない。

と、その時、雷鳴が轟《とどろ》いた。

忘れもしない。八月十四日、ウェブ上のニュース欄に、ロシアの幹線鉄道で起こった爆破テロを告げる小さなニュースが載った。場所は『カラマーゾフの兄弟』の舞台と同じノヴゴロド県――。ああ、何とおそろしい……。しかしこの偶然の一致は、続編を構想するわたしへの作家じきじきの「ウインク」のように思えた。

続編を空想する(二)

二〇〇七年九月、東京

熱が覚めないうちにとの、あせりにも似た思いが最大の理由だったかもしれない。「未完」とされる『カラマーゾフの兄弟』の「続編」を空想するという、身の程をわきまえない、思いあがった本の執筆に立ち向かった。これに類する試みは世界にも例がないと、最初は大いに意気があがったが、じつのところ、この本を執筆するなかでわたしはある大きな壁に突き当たっていた。

単純化すると、この小説は、カラマーゾフ家に起こった「父殺し」の事件をめぐる一種のミステリーであり、ドストエフスキーは、続く「第二の小説」で、いわば「民衆の父」であるロシア皇帝に対する暗殺のテーマを前面にすえた小説をもくろんでいたとされる。

ところが、作家は、本体の「第一の小説」を完成してほどなくしてこの世を去ったため、「続編」はついに日の目を見ずに終わった。一八八一年一月のことである。しかも、その死から二カ月、時の皇帝アレクサンドル二世が暗殺されるという事件まで起こってしまった。ということは、ドストエフスキーが、かりに一八八一年の冬を何ごともなくやり過ごすことができたにせよ、ついに続編は書き得なかったという結論になる。

ところが、である。「続編」を空想する新書が刊行されてまもない九月の終わり、わたしはある思いがけないヒントに遭遇した。神田・一ツ橋にある国立情報学研究所で開かれていたとあるセミナーの席上、かつて関西で県知事を務めたことのある講演者のプロフィールに次の文章を見つけたのだ。

「北京《ペキン》の蝶の舞いが、ニューヨークにハリケーンを起こす」

ああ、懐かしい、わたしが大好きだった「バタフライ効果」の話だ、と思った。講演者は、地方から中央を変える、という政策上のスローガンにこの言葉を利用していたのだが、わたしは、その時、まるで別次元の世界に思いを馳せていた。

ドストエフスキーがこの世を去る日の朝、彼の「重態」を知らせる新聞記事が掲載されると、そのショックは予想をはるかに超える規模へとふくれあがっていった。翌日、ペテルブルグの中心街にある作家の自宅は、学生ほか多くの弔問客がおしかけ、夜遅くまで足の踏み場もないほどごったがえしたという。未亡人の許しを得、永眠した作家の顔を描きとったのは、『見知らぬ女』で知られる移動展派の画家クラムスコイだった。

そして三日後、不世出の作家の遺体を収めた棺《ひつぎ》は、アレクサンドル・ネフスキー大修道院墓地に運ばれたが、このとき棺を見送った人々の数は少なくみつもって五万人あったとされる。同時代人の回想を引用しよう。

「ペテルブルグの半分がふいに姿を消し、文学の半分が掻き消えたような感じでした」

結論を言うと、ドストエフスキーの葬儀は、まさに、一羽の「蝶の舞い」となって皇帝暗殺という巨大な「ハリケーン」を引き起こす引き金になったととらえることができるわけだ。つまり、この、最初の「舞い」さえなければ(つまりドストエフスキーが、この年の一月に死ななければ)、テロリストたちの手元は微妙にくるい、アレクサンドル二世はみごと生きのびて、逆に皇帝暗殺を主題にした『カラマーゾフの兄弟』の続編も存在しえた可能性があるということである。

しかし、「バタフライ効果」の援用には、つねにどこか藁《わら》をもつかむ必死の趣きがある。この理論をつきつめていけば、最終的にはこういう結論さえ成り立ちうる。つまり、――。もし、ドストエフスキーが「続編」を書いていれば、そもそも「続編」

を空想する新書が存在することはないわけだし、わたしが『カラマーゾフの兄弟』の翻訳に取りかかったかどうかさえあやしい。いや、そればかりか、わたしが現にいま、この世に存在していたかどうかさえも……。

許されざる者

二〇〇五年五月、新宮

ここに一首の辞世の歌がある。いまはあえてその作者の名前を伏せておく。

何ものの大なる手かつかみけん五尺のをの子みぢろぎもせず

一九七〇年代後半から八〇年代にまたがる十二年間、奈良に住み、九〇年四月に東京に出てきたわたしにとって最大の心残りといえば、その間一度として南紀の旅に出る機会がなかったことだ。上京から十五年が経ち、とある関西出張の帰りに、わたしはふと、那智の滝を見たい、新宮を見たい、という衝動にかられた。午後五時近く、JR大阪駅のみどりの窓口前で、わたしはさながら金縛りにでもあったような感じで立ちつくし、やがて腹を決めて駅員にたずねた。いまなら天王寺駅発の特急に間に合います、との返事が返ってきた。

人生に一度の冒険、と自分に言い聞かせ、環状線の電車に飛びのる。その日の夜は、白浜の安ホテルに泊まり、翌朝早く特急で串本駅に向かった。潮岬の突端に立ち、大平洋を眼下に見下ろすのが目的だった。午後三時近くに那智の滝をひと巡りし、新宮についたのが午後五時少し前。五月のおだやかな海を眺めながらの恍惚のひとときだった……。

新宮の駅に降り立つと、はるか遠い昔に読んだ中上健次の『岬』の記憶がおのずと甦ってきた。しかしそれ以来、わたしはけっして中上のよい読者とならず、それでもいつか出会いの時は来る、との予感をひそかな免罪符にして市内見物に出た。

何ひとつ特別な思いは起こらなかった。わたしはただ、案内所で手にした地図を頼りに、中上の生家である駅前の家を遠巻きに眺め、区画整理された駅前の一角をぶらぶらしただけで、三十分後には再び駅のプラットホームに立っていた。

それから四年が経ち、新宮の町はまた、別の光を浴びてわたしの心のなかに浮上してきた。辻原登の小説『許されざる者』を読んだのがきっかけだった。一九一〇年の「大逆事件」と、小説の主人公のモデルとなった大石誠之助に対してにわかに興味が湧き起こってきた。関心の下地にあったのは、『カラマーゾフの兄弟』の続編で扱われるはずだった「皇帝暗殺」のテーマである。

大石誠之助は、明治維新と同じ一八六七年に生まれ、同志社英学校、神田共立学校で学んだ後、アメリカに医学留学、帰国後は故郷で医院を開設したが、その後再び、シンガポール、ボンベイに渡って伝染病の研究に励んだ。ボンベイでは、カースト制度の実態をまのあたりにし、社会主義の思想に目覚めさせられた。帰国後、幸徳秋水《こうとくしゅうすい》らを同志として政治批判の文章をしたため、大逆事件に加担したとして処刑された。

博愛の情にあふれる医師として貧しい庶民に愛された大石だが、今日の視点から目を見張らされるのは、ルネサンス的とも称すべき彼の全人的個性である。彼が、新宮の町に開いた「太平洋食堂」では、「男子、厨房《ちゅうぼう》に入るべからず」の不文律を破り、みずから料理人として腕をふるい、西洋流の食生活を庶民に紹介した。

そんな大石もドストエフスキーと無縁ではなかった。一九一〇年四月、獄につながれる直前に彼は、ドストエフスキーの初期作と銘うって「僧侶と悪魔」という翻訳を地元の文芸紙に発表している(ただしこれは偽作だった)。

大石の伝記を読みながら、何よりも心を打たれたのは、死刑宣告に際して示した潔さである。キリスト教の精神に学んだ社会主義者ほど恐ろしいものはない、とドストエフスキーは書いたが、大石こそはまさにその典型的な人間だったのではないか。わたしの脳裏に、アレクセイ・カラマーゾフとの連想が浮かびあがった。その大石は、獄中で福音書を手にし、ゴルゴタでイエスが経験した精神のドラマに圧倒される。

「私の最も烈しく感ずる所は、救世主といふ強き自覚をもつたイエスが死に面して経験せられた悲痛なる心理状態にあるのです」

社会主義者として、彼は、苦悩し、煩悶するイエスの「痛ましい弱々しい一面」を見た。しかし彼自身、死の恐怖を前に「悟り」の境地に立ち、イエスが経験した激烈な苦悶を「かりそめにも」同化できないと書きしるした。冒頭に引用した「みぢろぎもせず」の歌が暗示するように、大石において死は乗り越えられたのだ。

犬殺しのミステリー

二〇〇七年三月、東京

かれこれ十年以上もいっしょに暮らしているGR(犬好きの方でなくとも品種はおわかりだろう)も最近はさすがに衰えを隠せず、動きや反応がかなり鈍くなってきた。名前はN。たしかポーランドのSF作家スタニスラフ・レムだったと思う、主人の出勤を見送る犬は、毎朝、死の別れを悲しんでいるのだという。ほんとうだろうか。わが家のNに、じゃあ、行ってくるねと、毎朝声をかけてみるのだが、リビングの隅でそっぽを向いたままぴくりとも体を動かさない。感傷とはまるで無縁らしく、逆にこっちのほうが見捨てられたような、妙にさびしい気分になる。

ところが、帰宅後、夕食時になるというと、がぜんその顔つきがちがってくる。食欲の鬼と化したその眼の輝きの嘆かわしさ。最近などはもう、自分と主人の区別もつかなくなったか、わたしの腋の下からひょいと首を出しては、皿の端っこをぺろりとやったりする。図に乗るな、と叱ったところで、こっちの声に迫力がないのをちゃんと聴きわけている様子だ。

しかし、そんな情けないNにも、まれにメタフィジックな瞬間が訪れてくるものらしい。ブッツァーティの『神を見た犬』ではないが、夜の散歩のときに、ふと足を止め、虚空《こくう》を見つめるそのふしぎな仕草――。そんなとき、わたしはふと、自分の魂が、Nの体内に乗り移っていくようなふしぎな感覚にとらえられる。

『カラマーゾフの兄弟』を訳しながら、この作家の思いがけない観察力に驚かされたことがあった。犬の描写がすばらしい。じっさいに犬を飼ったことのある人にしかわからない微妙なところがじつに正確に描かれている。

小説には、イリューシャという肺病病みの少年が登場するが、その子を死ぬまで苦しめていた記憶があった。カラマーゾフ家の下男スメルジャコフにけしかけられ、ピンを含ませたパン切れを近所の番犬に食べさせたことがあるのだ。苦しげに吠えながら遠ざかっていく犬の姿が瞼《まぶた》に焼きついてはなれず、自分が肺病で死にかけているのも神罰が下ったからと信じこんでいる。

その話を聞きつけた兄貴分の少年が、死んだはずのその犬を探しだし、ペレズヴォンと改名したうえで芸をしこみ、死の床にあるイリューシャの家に連れていく。

この「再会」の場面がとても感動的なのだが、ひとつ気になるディテールがある。

それは、この犬の右目がつぶれ、左の耳は何者かに刃物で切りこまれた傷跡があることだ。どこのだれが、これほどの虐待におよんだのか。どうやら作家は、この「父殺し」の一大ミステリーに、もう一つ、ちいさな「犬殺し」の謎ときを仕掛けているような気がする。

飼い主の厳しいしごきにもめげず、ほとんどマゾヒスティックに恍惚の表情すら見せて、ちんちんや、「死んだふり」の得意芸を見せるペレズヴォン。できればこの犬の爪の垢を少しでも煎《せん》じて、わたしの愛するNに飲ませたい。

罪なきものの死

二〇〇八年三月、東京

「人間よ、動物に威張りちらしてはいけない」――。

ゾシマ長老のこの言葉をわたしはどこまで真剣に受け止めていたのだろうか。

「わたしの」愛するNが絶命して三日が経とうとしていた。目を閉じると、たちまち瞼の裏にその面影が浮かびあがってきた。だからできるだけ瞼を閉じていようと心がけていた。深夜、ベッドに横たわると、たちまち枕元に柔らかい金髪のお腹が現れた。十二歳の死。

この二、三年、大好きな散歩にも出たがらなくなり、ひと夏ごとに衰えがひどくなるのを見て、心配が膨らみはじめていた。最後の三日間は、ろくに水も受けつけなかったが、それでも、かすかに尻尾を振って、家族の励ましに応えようとしていた。最後の日の朝は、もう口で息をするのもやっとで、競走馬のような白い泡が顎の下に垂れていた。テーブルの下から、時おり大きく見開かれる目には、光や潤いが消えていた。午後三時、何かふと気づいたかのように、Nは軽く首をもたげ周囲を見回した。奇跡が起こるのではないか、と一瞬期待したが、すぐに顔を床につけてしまった。

これも何かの縁なのか。

わたしは、その日、『罪と罰』の第一部、ラスコーリニコフの夢の場面を訳しているところだった。老いた雌馬が、村の若者に鞭《むち》と轅《ながえ》で打たれ、絶命する場面である。涙にくれながらの翻訳だった。老いた雌馬の死の場面を訳してから、四時間後にNは死んだ。突然、口を大きく開け、顎をぐいと胸元にひいたかと思うと、一瞬、鬼のように醜く顔をゆがませて息絶えた。

父母の死に目に会えなかったわたしが、生まれてはじめて目にする、生あるものの死の瞬間――。写真にその姿を留めておきたいと願ったが、できなかった。その代わり、こんなに泣けるものか、と思えるほど、よく泣いた。

夜の十時過ぎ、会社から戻った息子が、臭いがする、と言って鼻にしわを寄せた。絶命からまだ三時間と経っていなかったから、むろん、錯覚にちがいなかった。

正月明けの検査で、脾臓に長さ二十センチの腫瘍があることがわかった。そうとも知らず、大きく膨らんだお腹を枕がわりに、年末のテレビ番組を楽しんだりしていた。時おり、不満そうに喉を鳴らすことがあったのは、きっと苦しさのせいだろう。

『カラマーゾフの兄弟』を翻訳するわたしにいつも守り神のように付き添ってくれたN。そのNが、最後に教えてくれた。それは、罪なきものを死の国に拉《らっ》し去る死のグロテスクなまでの強さ、そして、罪なきものの死が呼び覚ます、悲しみの深さ。

いまここでNに謝っておかなくてはならない。

もともと都会好きのわたしは、通勤に不便な郊外での暮らしをきらって、できたら都心に近いマンションでの生活をと願うようになっていた。その願いは、あくまで、大型犬であるNの不在が前提だった。そんなことも忘れ、ウェブ上でマンション探しをするわたしの心のどこかに、Nの死を望むもう一人の自分がいなかったろうか。Nを失ったいま、わたしのこの喪失感の奥底に、そうした罪深さへの思いが息づいているのを感じる。

『カラマーゾフの兄弟』の終わり近くで、少年イリューシャの死を悲しむ父親の気持ちが理解できた。「イリューシャ」の愛称よりさらにつよい思いのこもる「イリューシェチカ」に二重写しされていたのは、小説を構想中の作家が、癲癇《てんかん》の病で失った息子アリョーシャの姿だったと思う。アとイが、その脳裏でかわるがわるこだましあっていたにちがいない。

火葬から三日、生きたNの面影を探そうにも、Nはもう写真のなかにしかいない。

やがてNは記憶から去り、夢のなかにさえ現れなくなる時が来る。
その時、わたしは何を信じて生きればよいのだろうか。

父の「実像」

二〇〇九年二月、東京

還暦を迎えたわたしのもとに、宇都宮に住む幼友だちから手紙が届いた。そこには、父が昔、投稿に励んでいた句誌『春燈』の一句が書き写してあった。

子の帰省　待てど返なし　三日果つ　（一九七八年三月）

一瞬、わが目を疑った。そんなはずはない。こんな感傷的な句を父が書き残したはずがない。そもそもこの時、父が念頭に置いていた「子」が、このわたしかどうかすらもあやしい、と。

季語の「三日」を手がかりに、三十年前の元旦の記憶を掘りおこしてみる。客観的には、独身生活最後の年、というはっきりとした目印があるが、当時、どこをさまよっていたのか、何としても思いだせない。

そのうち、ふと別の記憶が蘇ってきた。これも正確にいつのことかわからず、いまは、二十代半ば、とだけ記しておく。

その日、東京から終電で帰省したわたしは、プラットホームの公衆電話で「いまから帰ります」と告げたまま駅前のスナックに立ち寄り、ビールグラスを片手に、世間話に興じていた。一時間ほど経ったろうか。突然、店のドアが開き、一陣の風とともに丹前《たんぜん》姿の老人が入ってきた。父だった。一瞬、悪夢でも見ているような錯覚に陥った。

帰り道、父は一言も口にしなかったが、駅前通りに居並ぶスナックを一軒ずつ訪ねてまわり、やっとその店を探りあてたことはまちがいなかった……。

二〇〇九年八月、同じ宇都宮で開かれた「調停委員」の大会に講演者として招かれたわたしは、八百人近い委員を相手に、『罪と罰』における「黙過」のテーマについて約一時間、話をした。講演を終えて帰り支度をしているところへ、弁護士をしている友人のK君が近づいてきて、さりげなくクリアファイルを差しだした。なかから出てきたのは、わたしが高校三年の秋に校内の雑誌に寄稿した「自殺小論」と題するエッセーのコピーだった……。

感傷とすれすれの空疎な傲《おご》りが忌まわしく、最後まで読み切れなかった。当時、わたしは、死に対する極端なまでの恐れを抱きながら生活していたらしい。ショーペンハウエルや萩原朔太郎からの引用にそれがはっきり現れている。恐怖のよってきたるところは、いまでいうパニック障害に近い何か、端的に、自分に対するコントロールを失うことへの恐れだったのではないかと思う。飛降り自殺者の「取り返しのつかない悔恨」(萩原朔太郎『絶望の逃走』)に同期していた。

他方、この「小論」は、わたしが当時、『カラマーゾフの兄弟』を読んでいたことを裏づける唯一の証でもある。「ロシアの一少女が、『ハムレット』に出てくるオフェリアの入水自殺に感動して、川に身を投じたという話」のくだりがそれである。

十月に入ってまもなく郷里の兄から電話が入った。

「親父の『日記』が物置から見つかったけど、読むかい」

数日後、郵送されてきた大型の封筒を開くと、表紙に墨で「創生日記」と大書された分厚いノートが出てきた。驚いたことに、わたしが生まれた年の四月から書き出され、栃木県佐野市に設立されたJ中学校の校長に赴任した高鳴る思いが綿々と綴られている。当時、四十二歳。着任早々、強引な寄付集めに父兄からクレームが出て、新聞沙汰にまでなっている。激しい人だったのだ。残念ながら、当時一歳になるわたしへの言及は一行もなかった。

十二月の黒い空を見上げながら、自分に残された命の長さに思いをはせる。ひとつの尺度がある。父も母もともに七十二歳で死んでいる事実。遺伝子が定めた運命は避けられず、それを思うと、死の足音がひときわ高く感じられる。翻って死の足音が確実に聞きとれるということ、それは、わたしがまだ、十分に健康であることの証なのかもしれない。

甦る「カフカ」

二〇〇九年十二月、成田

二泊四日の短い出張のために成田を飛び立った。目的地は、七〇年代の後半に大量虐殺の恐ろしい苦難を嘗《な》めたアジアの小国――。「クメール・ルージュ」の名で呼ばれる「悪霊」たちの跋扈を許し、教育システムがずたずたに切り裂かれたこの国には、ドストエフスキーの翻訳一つないことがわかった。四十五歳以上の識字率二〇パーセントという数値がこの国が過去に嘗めた惨禍のすべてを物語っているように思えた……。

乗換えを含む十時間のフライトは、何にもかえがたい憩いのひとときだった。出発前、祈るような思いで空港ビル内の書店に走る。お目当ての本は意外に簡単に見つかった。旅の道連れを運よく手にできた喜びに胸をはずませながら、レジの前に立つ。

旅に読書が禁物であることは百も承知だった。旅か、読書か、いずれかが犠牲になる。思い返せば、前年七月、すでに廃航となったペテルブルグ行き直行便の機内で、ひと言では尽くせない幸せな出会いに遭遇した。村上春樹の『海辺のカフカ』――。空港ビルで友人への土産がわりに買いこんだつもりが、誘惑に負けた。読みはじめてすぐ、高価な出会いには犠牲がつきものと割り切った。

帰国から一週間、まるで魔法にかけられたような不思議な感覚に支配されていた。その時犠牲になったのは、マリインスキー劇場で観たオペラ『カラマーゾフの兄弟』の印象である。しかしそのことを少しも残念には思わなかった。小説に描かれる物語のシュールの織り目に、一本のロジックがすっくと立ちあがるのを見て、わたしは深い驚きにうたれた。

著名な彫刻家である父との決別を決意した少年カフカは、十五歳の誕生日を迎える前日、東京・中野にある自宅を出て、夜行バスに乗る。行き着いた先は、四国・高松。ホテル代を節約するため、とある私設図書館のゲストルームで暮らしはじめた彼は、ある日、父親が何者かに惨殺されたことを司書に知らされる。少年はしかも、『オイディプス』の呪いに魅入られたかのように、どこか母の面影を宿している女性館長と恍惚の交わりをもつ……。

現代の日本人に、「父殺し」がどこまでリアリティを喚起できるのか、わたしにはわからない。ソフォクレスを読み、フロイトの「オイディプス・コンプレックス」に何かしら強烈な働きかけを感じる人は、たぶんどこかで何かを誤解しているのだと思う(わたしもその一人だ)。なぜなら、少なくともフロイトが考えていた「父殺し」とは、無意識の世界で繰り広げられるドラマであり、あくまでもひとつの仮説にすぎなかったのだから……。

思うに、『オイディプス』の父とは運命のシンボルである。父と意識せず父を殺し、母と意識せず母を娶った青年に、どこまで罪を問うことができるのか？　だが、オイディプスのオイディプスたるゆえんは、何よりもその強烈な倫理観にある。運命が犯した罪を人間が引き受ける。何という不条理だろう。にもかかわらずオイディプスはそれを受け入れる。イワン・カラマーゾフもまた、運命が犯した罪を引き受け、その代価として発狂した。では、父殺し犯カフカは、今後どのようにして罪を引き受けていくのか。わたしが、二十一世紀のオイディプスに見るのは、その模範的とも思える健康的で明るい少年の仮面にひそむ不気味な「虚無」の影……。

成田を離陸してすでに二時間が経っていた。飛行機のきつい揺れで目を覚ましたわたしは、ペットボトルの水を軽く口に含むと、新たな「奇跡」を待ち望むような思いでビニール袋を開く。『水死』と黒い文字で記された本の帯に「終戦の夏、父はなぜ洪水の川に船出したのか？」と書かれている。この瞬間をどれだけ待ちわびていたことだろう。わたしは、もう何としても好奇心に打ち勝てなかった。初めて訪れるアジアの小国の印象が掻き消されてしまう恐れもあった。しかしわたしはそれを顧みず、赤革色の固い表紙に手をかけた。

絶滅収容所（一）

二〇〇九年十二月、プノンペン

雲霞《うんか》のごとく押し寄せてくる自転車とオートバイの群れを掻き分けながら、わたしたちを乗せたワゴン車はのろのろと繁華街を進んでいた。やがてT字路にさしかかったところで、オレンジ色の袈裟をまとった托鉢僧の姿が目に入った。裸足のまま通りを闊歩していく彼らの、超然として、エネルギッシュな足取りに、わたしはすっかり見とれてしまった。

ワゴン車はやがて左折し、新興ビジネスマンの所有になるらしいいくつもの豪邸の傍らを過ぎると、ほどなくして目的地トゥールスレンの敷地内に入った。七〇年代後半、毛沢東・中国の援助を得たクメール・ルージュは、政策の行きづまりからやがて血で血を洗う内部粛清に移った。その帰結として生まれたのが、当時、S21というナチスばりの略号で呼ばれたこの政治犯収容所だった。クメール・ルージュの時代、ナショナルな根をもつもののすべてが罪悪視され、あらゆる固有名が、ブルジョワ的腐敗の残滓として抹殺された。

九〇年代の初め、アカデミー賞に輝いたイギリス映画『キリング・フィールド』をビデオで観てから、クメール・ルージュの歴史につよい関心を抱きつづけてきた。関心の源は、わたし自身のスターリン主義研究にあったが、さらに遡れば、わたしが卒論のテーマにしたドストエフスキー『悪霊』にその深い源があった。ドストエフスキーがいかに予言的な作家であったとはいえ、十九世紀の文学が描きうる政治の現実にはそれなりの限界があった。『悪霊』の発表から半世紀後、ドストエフスキーの予言は、スターリン時代の大テロルにおいて現実のものとなり、さらにそれから四十年を経て、このプノンペンで悲劇は繰りかえされた。

何よりも悲しかったのは、この内部粛清のプロセスで、初めは死刑執行者として一役買い、最後は犠牲者としてこの世を去った政治犯のなかに、まだ年端《としは》もいかぬ少年少女が少なからず含まれていたことだ。トゥールスレンに収容された計二万人のうち、生き残ったのはわずか八人。わたしが勤務する大学にかつて在籍していたカンボジア人学生も、共産主義の理念が約束するバラ色のヴィジョンに惑わされ、帰国後まもなく命を落としたという。

猜疑心が猜疑心を、報復が報復を呼ぶこの恐ろしい「毒蛇のかみ合い」の根底にあった恐怖とは何だったのか？　それはほかでもない、人間がついに許されざる一線を越えて、もはや永久に後戻りできない、という絶望だったのではなかろうか。神がなければ、すべては許される、というドストエフスキーの予言が、悲しくも現実化してしまった。

かつては高等学校だった三階建ての収容所に、想像するもおぞましい拷問で死んだ政治犯たちの写真が無造作にかけられている。拷問用に考えだされた一連の道具は、カフカが『流刑地にて』で描きだした「拷問機械」にも似て、どこぞの悪魔が冗談半分に考えだしたとでもいうしかない滑稽味が感じられた。拷問からの解放は、ベトナムのスパイ、帝国主義の手先という自白の対価としてのみ与えられたが、解放が意味していたのは、むろん、死である。

やがてわたしの目の前に、腕に赤ちゃんを抱きかかえた中年女性の写真が現れた。その表情は、諦め以外驚くほど何も映しだしていない。死の恐怖すらも見てとることはできない。絶望が果てるところの奇妙な静寂――。

記憶が消えてしまえば、苦痛もなくなる。では、その苦痛はどこに行くのか。だれにも記憶されることのない苦痛がある……。

思わず目元に涙がにじんできた。ドストエフスキーが経験したあの「絶体絶命」の一瞬が思いだされてきた。彼の前で奇跡は起こり、生命は与えられた。だが、このトゥールスレンでは、二万回、死刑執行のセレモニーが繰りかえされながら、一度として奇跡は起こらなかった。

絶滅収容所(二)

二〇〇九年十二月、プノンペン

トゥールスレンを出たわたしたちは、再びワゴン車に乗りこみ、郊外のチェンエクという村にある絶滅収容所に向かった。俗に「キリング・フィールド」と呼ばれている第二の収容所である。慣れが生じていたせいか、午後のけだるい光を浴びたチェンエクの収容所から受けた印象は、なぜか悲しいほど散文的だった。入り口の正面にそびえ立つ慰霊塔には、瓶詰めのオリーブさながら、おびただしい数の頭蓋骨が展示されていた。このような方法での展示を考えだした人々の意志をさぐることは困難だった。まるで晒し首ではないか。その頭蓋骨の一つがわたしのものなら、断固拒否する、そんな考えがちらと脳裏をかすめる。それにしても、この散文的な感じはどこからくるのか。ことによるとわたし自身の心に原因がひそんでいるのか。悲劇を、悲劇として感じとる力が決定的に衰えてしまったせいか。ならば、トゥールスレンであの女性の写真の前に立ったときににじんだ涙とは何だったのか。たんに焼きが回ったというだけのことだろうか。

　独ソ戦終了から五十年目にあたる一九九五年の二月、ポーランド南部にあるオシフィエンチムを訪れたときの記憶がにわかに甦ってくる。そのときに感じた物々しさや、絶望感、土地全体に呪いかかる悪夢のオーラはいま、このチェンエクにはない。十五年前、絶滅収容所に向かうわたしの足は、しびれるように重く、気分は打ちしおれていた。そう、原因は、この空気にある。この、草いきれの、噎《む》せかえるような濃度に……。

　収容所奥の木立のなかに、虐殺体を埋葬した穴がいくつもあった。月面写真を見ているような錯覚が襲ってきた。掘り返したあと、土の密度が足りずに、年月とともにへこみが生まれたのだ。目を凝らすと、細い雑草に混じって、ひどく人工的な色合いの布切れが顔を出している。悲劇から三十年経過したいまも、犠牲者の衣服さえきちんと処理しきれていないらしい。その布切れを肌身にまとっていた犠牲者が確実にいたのだ。魂はほろび、肉と骨は土に帰ろうとしても、布切れだけは滅びず、必死に地中から這《は》いだそうとしている。

　チェンエクからホテルに戻る途中、わたしたちを乗せたワゴン車はメコン川のほとりに出た。この雄大な流れにまかせて川を下れば、サイゴン、いや、ホーチミン市に出る。昔、ジャン＝ジャック・アノー監督の『愛人／ラマン』を観て、何度も涙を流したときのことを思いだした。一時間前の収容所の記憶が、みるみる色あせていく……。

宿泊先のホテルに戻ったのは、夕刻の五時少し前。フレンチコロニアル風の優雅な造りで、屋根つきの渡り廊下で仕切られた中庭には二十メートルプールが二つあった。日が陰りだしたせいか、プールサイドは人影もまばらだった。

泳ぎにさほど自信があるわけではない。万が一の時を思い、ぐるりと周囲を見回したが、監視員らしき人の姿はない。深さ一メートル八十、あまり経験のない、このしたたかな深さは、思いもかけず深い安らぎをもたらしてくれた。水を掻く両腕にも特別の重さが感じられて心地よかった。つかのまながら、これほどにも自由な感覚を、もう何年も忘れていたような気がした。

プールから出たわたしは、デッキチェアに用意しておいた『水死』を再び手にとった。わたしは長いこと、大江健三郎にとっての父親の意味を問いたいと願っていた。ついにその謎が解きあかされる時が来たのだ。やがて漱石の名前が出てくる。思いがけない展開だった。「明治の精神」に殉死しようとした『こころ』の主人公の「偽善性」が暴かれようとしている。その先生にみずからを重ねようとする大江のなかに、いま、新たに父をめぐる巨大なドラマが始まろうとしているのを予感した。日の陰りで、プールサイドに茂る熱帯植物の緑は黒ずみ、読書は限界に来ていた。軽い寒気を覚えながら、わたしはふたたびプールに入る。何往復しただろう？　夢中になって泳ぎつづけた。泳ぎつづけるうち、ある思い出が浮かびあがってきた。わたしは慄然《りつぜん》として泳ぎを止め、だれひとりいない薄闇のなかのプールサイドに這いあがった。

「水死」の記憶

一九六一年八月、宇都宮

川が氾濫する夢をよく見る。つい数日前も同じ夢を見たばかりだ。その川が具体的にどこかはわかっている。宇都宮の市内から東におよそ一里離れた鬼怒川の下流——。当時、わたしたちは「一里」という単位をよく使ったが、「一里」とは、ほかでもない、この鬼怒川の代名詞だった。

当時のわたしになぜかよくわからないことが一つあった。鬼怒川に水浴びに行くときのペダルはいつも軽やかなのに、帰りのペダルはなぜ重いのか。鬼怒川からの帰り道、いつも「行きはよいよい、帰りはこわい」を反芻していた。当時、たぶん人一倍、妄想癖のあったわたしは、逆に人一倍、頭の作りが単純にできていたのだと思う。ペダルの重さが、冷水に長くつかった後の全身疲労のせいと気づくまでに長い時間がかかった。

記憶違いの可能性もあるが、当時、鬼怒川には、何箇所か遊泳区域が設けられ、市内から集まった生徒たちは、それぞれに指定された区域で水浴びを楽しんでいた。もともと怖がりのわたしは、泳ぎの得意な従兄からひとり離れ、膝ほどの浅瀬に体を浸しながら、冷たい水の感触を楽しむだけで満足していた。

突然、ホイッスルが鳴りわたった。顔を上げると、二十メートルほど先の砂地に人だかりがある。裸の子どもたちを掻きわけてできるだけ近くに寄った。人だかりの真ん中に、少年がひとり横たわり、大人たちが必死に人工呼吸を施していた。その時、現場では、大人たちの怒号が飛びかっていたにちがいないのだが、わたしの記憶は無声映画のように静まりかえっている。少年の白く青ざめた顔が、近所に住む聾唖の少年によく似ているのに気づいて、震えがきた。夕方、重いペダルをこいで家に戻ったわたしは、いっしょに来た従兄を探しに川にもどった。少年の生死を確認しないまま、いっしょに来た従兄を探しに川にもどった。水死した少年がその聾唖の少年ではないことを確かめようと、すぐに少年の家を訪ねて行った。

夏休みの宿題に、わたしはこの日の出来事を何枚かの原稿用紙にまとめた。数日後、担任の先生から呼び出しがかかり、赤ペンの直しが入った原稿用紙を手渡された。

「コンクールに出そうと思う。表題は『溺死《できし》』がいい」

「溺死」——。聞いたこともない言葉だった。舌がもつれそうな、おどろおどろしい響きにどうしてもなじむことができないまま、清書を仕上げ、言い知れぬもどかしさを覚えながら先生に原稿用紙を手渡す。あれは、自分の作文じゃない、そんな思いを抱きながらひと月が過ぎた……。

十月初め、コンクールの主催者であるT新聞社から「一等賞」の知らせが入る。その日の午後、音楽室で、オートバイを運転してきた新聞記者からインタビューを受けた。きっと大げさに聞こえると思うが、わたしの悩みはかなり深刻だった。先生が書きこんだ赤ペンの直しが原因であることはいうまでもなかった。あの直しさえなければ心も晴れやかなはずなのに、逆にあの直しがなければ一等賞はとれなかったろう、そんな確信に近いものがあって、わたしは引き裂かれていた。

それでも、副賞として手にした電気スタンドと万年筆が嬉しかった。べつにそれに味をしめたわけではないが、この時からわたしは「作文少年」になり、だれにも秘密で雑誌に作文を応募しはじめた。まさに「リベンジ」だった。やがて、少しずつ奇妙な妄想に入り込み、応募もしていないコンクールに入選し、その通知が来るという空想に憑かれるようになった。

プノンペンのホテルで、わたしは、この「旅」の原点が、ことによると、あの、中一の夏休みの「溺死」にあるのではないか、という仮説に立った。その「事件」が、人間の死をめぐる何かしら根本的な発見につながるのではないかとの予感を抱いて記憶を手繰りはじめた。だが、結論は意外な場所に行きつくことになった。「赤字の天才」と皮肉られる直し癖は、ことによると、この時の「作文」に予告されていたような気がしてならない。

「仏作って、魂入れず」

二〇一三年八月、ロンドン

一生に一作ぐらいは小説を書いてみたい、作家と呼ばれてみたい。そんな哀しい願いを抱きながら生きてきた。

「ぼく、小説家になる」

母にそう宣言したのは、小学校五年生のときのこと。少年少女版ジュール・ヴェルヌの『地底旅行』に刺激されたのだ。その後、約束通り書きあげた「冒険小説」を母に読んできかせたが、その顔になぜか笑みはなかった。

あれから六十年が経ち、再び小説を書いてみたいという願望が湧き起こってきた。そんな野心を見透かした加賀乙彦さんに、お酒の席でひとこと釘を刺された。

「本気で作家になる気なら、今の仕事を捨てなくてはね」

事実、加賀さんは、作家として自立するために大学の職を捨てた。ドストエフスキーもまた、好きな小説に集中するために二十二歳の終わりに軍籍を離れた。デビュー作『貧しき人々』の発表に先立つ三年前のことだ。

情けないことに、現状を変えずに小説を書くための口実探しがはじまった。《文学研究の一環としてなら、とくに後ろめたく感じる必要もあるまい》。創造という神聖な営みを汚す不心得が、いずれしっぺ返しにあうことは容易に予想できた。だが、書きたいという欲求は日増しに募るばかりで、それ自体がストレスに感じられるほどになった。ここで正直に告白すると、執筆の第一日目は文字通り、爆発だった。爆発したのは、たぶん積年の欲求不満だったと思うが、空想に身を置く幸せをこれほど強く感じた経験は、後にも先にもない。

二〇一三年八月の終わり、ロンドンに向かう機中、その「爆発」は起こった。主要人物の名前と年齢設定に始まり、次に時代設定へと向かった。すべての軸となる「現在」は、一九九五年と決めていた。阪神大震災、地下鉄サリン事件が起こるこの年以外、選択肢は考えられなかったのだ。それによって「十三年前」は自動的に確定したが、季節はいつがいいか……。

お分かりいただけたと思う。わたしがこのとき構想していたのは、『カラマーゾフの兄弟』の続編である。原作者が一切、手をつけずに終わった「第二の小説」を、現代日本に舞台を移しかえて物語ってみようというのだ。父親フョードルは「兵午《ヒョーゴ》」、長男ミーチャは「満《ミツル》」、次男イワンは「功《イサム》」、三男アリョーシャは「遼《リョウ》」。そして最初に立ちはだかった壁が、カラマーゾフ家の下男パーヴェル・スメルジャコフの日本人名。この人物の場合、姓が名前をも兼ねているような面がある。しかしまもなく、願ってもない名前「須磨《スマ》幸司《コウジ》」が降りてきた。《ラッキー！》と、わたしは内心小躍りして叫んだ。なぜなら「コウジ」は、わたしの父の名（「孝司」）と同じ読みであり、わたしの長兄「幸夫」の「幸」の字が含まれていたからだ。そして最後の壁が、ロシア正教と異端派の関係。これを、仏教と新宗教というかたちに単純に置き換えてよいものか。当時、わたしの念頭にあった異端派のモデルはオウム真理教であり、それに匹敵する教義と教団名を考え出さなければならなかった。

ロンドンに着き、英国中部にあるキール大学での公務を終えたわたしは、週末を利用して湖水地方へと向かった。実のところ、この小旅行を計画した背景には、小説の構想に関わる大事な企みが隠されていた。物語の精神的な柱となるゾシマ長老いや「嶋省三《シマショウゾウ》」の心の故郷を、この湖水地方に重ねていたのだ。嶋には、学生時代、「郭公の詩人」ワーズワースに傾倒した一時期がある。ただし、ワーズワースとの連想で思い浮かべていた鳥は、「郭公」ではなかった。

緑の木立に囲まれたウィンダミア湖畔のホテルに一泊し、翌日、町に出たわたしは、次から次と土産物店に立ち寄っては、フクロウのグッズを買い漁った。この時点で、新教団《フクロウの知恵《ウィズダム》》はおおよその輪郭を整え、その指導者である嶋省三は、山梨県山中湖のほとりに住む隠遁者と化していた。

面白いことに、フクロウは少しずつわたしの正気を奪っていくかのようだった。見るものすべてがフクロウと二重写しになるのだ。ヒースロー空港では、巨大パネルに映し出された女性モデルがたちまち獰猛なフクロウと化して迫ってきた。

小説は、二〇一五年の秋に完成した。四百字詰め原稿用紙に換算して、約三千二百枚。原作の『カラマーゾフの兄弟』に分量だけはほぼ追いついたが、完成後、何かが決定的に欠けていると感じて落胆した。予期した通り、ネット上に数々の批判が現れ、なかでも次の一行が胸に応えた。

「崇高なオリジナルを汚すのはいただけない」

「冒瀆」の文字を頭に浮かべたことは、いちどもなかった。ことによるとわたしは、原作のもっともコアな部分の教え——傲りを捨てよ——を完全に忘れ去っていたのかもしれない。

語られざる何か

二〇一四年五月、山形

「わたしには負い目がある」

最後まで、この「告白」の謎が解けなかった。

二〇一一年十月の山形国際ドキュメンタリー映画祭で話題となったV・イェンドレイコ監督『ドストエフスキーと愛に生きる』(原題は、『五頭の象と生きる女』)は、ウクライナ生まれのある女性翻訳者の数奇な半生をドキュメンタリー風に掘り起こした作品である。その名は、スヴェトラーナ・ガイヤー(旧姓イワノーワ)。映画祭から三年、同じ山形の地に一般公開のチャンスがめぐってきたのを機にトークショーが開かれ、その講師として招かれた。何年ぶりの山形だろうか。北西に月山を、東南に蔵王連峰を望む由緒あるこの城下町に、わたしはなぜかロマンティックな興趣をそそられてきた。折しも、山形市名物の薬師祭植木市が開かれる時期と知って、旅の夢は膨らんだ。

顧みるに、この映画とは浅からぬ縁があった。一般公開の直前に、字幕チェックの依頼が届いたのだ。そうして何度か見直すうち、ここには、表だって語られないサブプロットがあるという確信が生まれた。独ソ戦勃発後まもなくドイツ軍が首都キエフを占領するなか、若く美しい娘は、けっして愛してはならないものを愛してしまった……。

スターリンによる大テロルの犠牲者である父親は、十八カ月におよぶ獄中生活から帰るとまもなく死去した。「人民の敵」の烙印を押された一家に将来の望みはなく、母親は、十五歳の娘にできる限りの教育を施すことで生き残りを図る。そしてその娘が何よりも得意としたのが敵性言語のドイツ語であり、そんな彼女の才能に着目し、その行く末に運命的な役割を果たしたのが、高貴な面立ちをした謎のナチス将校だった。彼は、ドイツ国内の大学への留学を約束し、なにくれとなく便宜をはかった。だが、スターリングラードでの戦いの後、戦況は一変し、一家の前途は暗雲に包まれる。対独協力の追及を恐れた母親は、娘ともどもウクライナを去る決心をする。

戦時中のドイツにあって親子は、いわゆる「東方労働者《オストアルバイター》」に身を落とすが、戦後は思いのほか幸運に恵まれた。スヴェトラーナは結婚してガイヤーの姓を得、カールスルーエの大学でロシア語を講じる傍らロシア文学の紹介に従事した。そして晩年は、ドストエフスキー五大長編の翻訳に精魂を傾け、ドイツ国内に広くその名を知られるにいたった。

映画は、フライブルクの郊外での一人暮らしと、六十五年ぶりのキエフ帰還を、暗鬱なタッチながら詩情豊かに描きあげていく。映画化の動機についてイェンドレイコは次の三つを理由に上げた。一、翻訳者としての最高度のプロフェッショナリズム。二、家事への献身。三、驚嘆すべきドラマティックな伝記。

受苦と諦めを刻み込んだ皺の深さとは対照的に、家事に勤しむその姿は、老いた聖母のように神々しい美しさを放つ。野菜をきざむ手、ブラウスにアイロンをかける手。家事への献身が、まさに訳語を探りだす神聖な営みに通じていることを暗示するものだ。

「洗濯をすると繊維は方向性を失います。その糸の方向をもう一度整えてやらなくてはなりません。(……)文章も織物と同じことです」「翻訳は、左から右へとはっていく芋虫ではなく、つねに全体から現れるものなのです」

翻訳をめぐる、数々のユニークな洞察をちりばめながら、この映画は、スヴェトラーナの「驚嘆すべき」ドラマを浮き彫りにしていく。彼女が経験した第一の悲劇は、ナチスドイツへの加担であり、祖国への裏切りにあった。そして第二の悲劇は、彼女がナチス将校の庇護にあずかった事実。遠い過去を振り返るその微妙な表情には、語ることを許されない内心の苦しみがにじみ出ている。数多くのユダヤ人を巻き込んだバビ・ヤールの悲劇から七十年近く、彼女がなお、恩人の「加担」をかたくなに否定しつづける理由とは何だったのか？　そこでふと気づく。スヴェトラーナが口にした「負い目」の謎について、その答えを見出すことを執拗に拒む何かがわたし自身のなかにあることに……。

講演の翌日、晴れわたる空の下、知人に伴われて薬師祭植木市に足を延ばした。傲らず、高ぶらず、日常生活のなかにすべてを沈めて、作品と、自分と対話する。それが、スヴェトラーナ・ガイヤーが教えてくれた翻訳者の心得である。だが、わたしの興奮症は、やけに質《たち》が悪いらしく、傲り、高ぶりの波にすぐに押し切られた。植木市が開かれている薬師町通りを百メートルほども歩いただろうか。突然、目の前に、巨大な木彫りのフクロウが出現し、わたしはたちまち新しい小説の構想の虜となった。『カラマーゾフの兄弟』の日本版続編である。

X　新たな旅立ち

十年後のマンハッタンにて　二〇一一年八月、ニューヨーク

わたしには恩人がいる。

元国際ドストエフスキー学会会長デボラ・マルティンセンがその人だ。彼女の、温かい導きがなければ、わたしはおそらくは鬱屈を抱えつづけたまま、今もなお自尊心のくすぶりに苦しめられていたのではないか。

デボラ(と敢えてそう呼ぶ)との出会いは、二〇一一年の夏、場所は、コロンビア大学内の彼女の執務室。その約一月前、わたしは、車で東日本大震災の現場を訪ねたばかりだった。一五〇〇キロに及んだ長旅の悲しい余韻も覚めやらぬまま、成田を飛びたった。決心は早くから固まっていた。同時多発テロから十年後の二〇一一年九月に、必ずニューヨークを訪れる、それまでに、必ず『悪霊』の翻訳を終える。理由は簡単だった。五十代のとば口に立ったわたしが、再びドストエフスキーに回帰するきっかけとなった事件が、この九・一一であり、なおかつ、この九・一一がわたしのなかに

生んだ『悪霊』との連想だったからだ。だが、事情で出発は予定より一カ月早まり、結局のところ、『悪霊』の翻訳も、その日までに終えることができなかった。

ニューヨーク訪問には、もう一つ、大きな目的があった。国際ドストエフスキー学会(IDS)へのアプローチである。当時わたしは、『カラマーゾフの兄弟』の翻訳に投げかけられた批判から半ばノイローゼ状態に陥り、世界の研究者から白眼視されている、との妄想から抜けられなくなっていた。

むろん、多少の自信はあった。支えは、何万人という『カラマーゾフの兄弟』の読者である。感謝の手紙が数多く寄せられるなかで、とくにつよい励ましを受けたのは、北海道・網走に住む七十代後半の女性からの手紙だった。そこには「人生の終わりに間に合った、こんなに喜ばしいことはない」といった内容が鉛筆書きで綴られていた。

大学の執務室で、デボラは、温かく、冷静に、レスペクトをもってわたしの話に耳を傾けてくれた。そして、友人とのレストランでの会食や、大学に近いカフェで開かれた研究会や、最近、博士号を取得し、西海岸の大学に就職の決まった若いドストエフスキー研究者の壮行会に誘ってくれた。デボラとの友情はその後も小止みなく続き、二〇一五年の夏、千葉・幕張で行われた「国際学会」での発表の際、彼女は報告原稿のチェックまで引き受けてくれた。タイトルは、「『カラマーゾフの兄弟』における隠された引用」。いささか物思わせぶりなタイトルながら、内容には自信があった。だが、デボラから返された原稿は至るところ赤線だらけで、ドストエフスキー学の壁の高さと私の詰めの甘さを改めて思い知らされたのだった。

翌日、わたしは、グラウンドゼロの傍らに立った。タイムズスクエアに近い五十二番街にあるSホテルを出て、フランクリン通りで地下鉄を降りると、地上は、すがすがしい光に満ちていた。二日前にNYを襲った集中豪雨のせいだ。もっとも、すでにその段階で、NY到着後のわたしが、あるパラノイアックな幻影に襲われ続けていることに気づいていた。高層ビル街を歩きながら、ほぼ五分間隔で空を見上げては、二機の旅客機がビルの谷間にのぞく青空を横切るシーンを思い浮かべるのだ。

突貫工事の続くグラウンドゼロから何らかの働きかけを受けることはなかった。過去十年、YouTube の映像を介して、わたしはすべての驚きを消費しつくしてしまっていたらしい。むろん東日本大震災の影響もあったはずである。いずれにせよ、ドストエフスキーは正しかった。

「人間は、何ごとにも慣れる存在なのだ」

グラウンドゼロの前で何も感じることのない自分にいらだちながら地下鉄駅に向かう途中、トリビュート・WTC・ビジターセンターの前を通りかかった。刺激に飢えていたのか、わたしは吸いこまれるようにしてドアをくぐり抜け、受付カウンターの前に立った。数ある展示品のなかで、とくに目を奪われたのは、穴のあいたスプーンと五本指のように開ききったフォークのセット。テロリズムが、結果としてここまでアーティスティックな振舞いにまで及ぶなど、だれが想像できただろう。スプーンのへこみに穴を作るほどの繊細さは、もはや悪魔的というしかない。他方、かすかながらも救いを感じることのできた展示品もある。事件当時、ブロンクスに住んでいたサンドラ・ヘルナンデスという女性の残したメモである。

「テレビ画面のなかに飛び込み、飛行機をつかんでストップさせたかった」

これだ、とわたしは思った。人間が人間である証、それは、まさにテレビ画面に飛び込もうというほどの衝動の強さにある。そしてわたし自身、そうした衝動がわずかながら人より勝っていることを自覚する瞬間がなんどかあった。わたしがドストエフスキーに向かったのも、きっとわたしのそんなせっかちな性格が原因だったのだと思う。そしてそんなわたしの本質を見抜いたデボラがあるとき、こう皮肉っぽく口にしたのをはっきりと記憶している。

「あなたは、要するに、ムーヴァー(mover)なのね」

月桂樹とレモンの香り

二〇一六年六月、セヴィリア

興奮は、忘却と隣りあわせにある。手もとには一枚の写真もなく、残されたのはただ、一枚の出張計画書。しかし、その出張計画書にも、セヴィリアの町の記載はない。セヴィリアはもう、遠い記憶のなかにしか存在しない。

バルセロナ経由で、グラナダ空港に着いたのが、六月六日朝の八時半。空港前でタクシーを拾い、十五キロ東にある市街地をめざしてアンダルシアの野を突っ走った。

海外に出ると、わたしはとても欲張りになるらしく、計画書の中身からどれだけ逸脱できるか、そればかり考えている自分にしばしば気づく。今回は、計画書に記載のないセヴィリアが標的となった。自分の齢を考えれば、この先二度とスペインを訪れる機会はない、そんな予感が強まるにつれ、「逸脱の欲望」を抑えきれなくなった。わざわざグラナダまで来て、「大審問官」の舞台を見届けずに引き返すなど！

最終的にセヴィリア行きを決断したのは、タクシーがホテルの前に止まる直前のこと。ティアドロップのサングラスをかけた若い運転手は気軽に相談に応じてくれた。セヴィリアでの市内観光は一時間、遅くとも午後四時までには、グラナダに戻ってくる。押し問答で決まった「四百ユーロ」は、けっして法外な数字ではなかったと確信している。

「大審問官」の作者イワン・カラマーゾフは語っている。

「おれの物語詩は、スペインのセヴィリアが舞台だ。神の栄光のため、国内では毎日のように焚き火が燃えさかっていた異端審問の恐ろしい時代さ……」

時代は十六世紀。ある日、セヴィリアの広場に大文字の「彼」ことイエス・キリストが姿を現し、盲目の老人を相手に奇跡を起こす。同じ広場では前日、国王以下並みいる大貴族の前で、異端者たちが火焙りの刑に処されたばかりだった。群衆に囲まれ、大聖堂の近くまできた「彼」は、そこで第二の奇跡を起こす。聖堂内に運び込まれる棺の中の少女を、「タリタ・クミ」のひと言で甦らせるのだ。だが、その一部始終を通りすがりに目撃した大審問官は、護衛に命じて「彼」を捕縛し、牢獄に投げいれる。

「暗くて暑く『物音ひとつない』セヴィリアの夜が訪れてくる。大気は『月桂樹とレモンの香に匂いたっている』」

後半の魅力的な一行は、プーシキンの詩の引用である。

メルセデスの黒い小型車は、すばらしい走りを見せ、セヴィリアまでの二百五十キロの道のりを二時間半足らずで走破した。だが、市街地に入ってから狂いが生じはじめた。大聖堂周辺に蜘蛛の巣のように張りめぐらされた路地の奥に車がはまり、身動きがとれなくなったのだ。わたしがひとり大聖堂前に立ったとき、時刻は十二時半を回っていた。困ったことに、スマートフォンのバッテリーは限りなくゼロに近づいていた……。

約一世紀の時をかけ、十六世紀の初めに竣工したセヴィリアの大聖堂は、想像していたよりもはるかに巨大だった。セヴィリアの町そのものを、人口十五万人程度と低く見積もっていたせいもある(後で知ったのだが、十六世紀当時の市の人口がその規模だった)。聖堂内への入り口にあたる南門付近には大きな人だかりができていて、入場はとても期待できなかった。つかのまでもいい、外観の美しさに酔えればと、種々の幾何学模様を組み合わせたファサードの《線の芸術》に見入る。「炎熱の広場」に降り立ったキリスト自身、竣工したばかりのこの大聖堂の美しさに目を奪われることはなかったろうか。いや、ハリネズミのような無数の棘に覆われた大聖堂を、神の世界に向けられた反逆の証と感じることはなかったか。

ドストエフスキー自身、度重なるヨーロッパ放浪中、行く先々で大聖堂を視察しているから、「焚刑」や「奇跡」の現場を、まさにそれらの建物との対比のなかでリアルに想像できたはずである。そしてこの大聖堂の、有無をいわさぬ威光を背にできたからこそ、今や齢九十になんなんとする大審問官も、あれだけの自信をもって「神の子」を追放できたのだ。

わたしたちの車は、予定の午後一時よりも大幅に遅れてセヴィリアの町を後にした。ものの十分もしないうちに車は市街地を抜け出て国道に入り、ふと気づけば、オリーブ畑の広がる荒くれた丘の間を孤独にひた走っていた。その時点ではもうセヴィリアの町それ自体が遠い蜃気楼と化していた。こうして「逸脱の欲望」から覚めたわたしは、にわかに落ち着きを失いはじめた。現にいま、グラナダ市内で開かれている国際ドストエフスキー学会のことが気になりだしたのだ。プリントアウトした出張計画書には、フェデリコ・ガルシア・ロルカ・センターと会場名が記されている。

虐殺の匂い、柘榴の香り

二〇一六年六月、グラナダ

グラナダには、何かしら人の心をあやしくおびき寄せる「匂い」がある。虐殺の匂い、柘榴《ざくろ》の香り。虐殺の匂いは、いうまでもなく、詩人フェデリコ・ガルシア・ロルカの血の匂い、柘榴の香りとは、グラナダの語とその歴史の奥からたちこめるかすかな酸味を帯びた香り。柘榴は、イスラムの教えが広く食することを薦める果物である。

一九三六年八月十九日早朝、詩人ロルカは、グラナダ郊外のオリーブ畑で三人の同志たちとともに銃殺された(ただしこれには諸説ある)。自由を叫び、毅然として死を迎えたという伝説もあれば、死の恐怖に怯えて命乞いをしたという証言もある。ロルカの死を思い浮かべるたびに、詩人に計り知れぬ屈辱を与えた死の恐怖への憎しみが募ってくる。艶のある黒い髪、濃い眉、時には霊感しか映し出すことのない、人なつっこい、が、どこか狂気をおびた目。白スーツに蝶ネクタイがよく似合う誇り高き男が、銃の前に命乞いする姿など、想像するのも厭わしい……。

正直なところ、わたしはあまりにも準備不足がすぎた。第十六回国際ドストエフスキー学会がグラナダで開かれることを知りつつ、最後の最後までエントリーの手続きを怠り続けたのだ。理由は、ひとつ。その「ひとつ」について、いずれ胸のうちを明かすときが来ることを願う。

国際シンポジウムのメインテーマは、『罪と罰』。二〇一六年が、刊行からちょうど百五十年にあたることを記念して選ばれた『罪と罰』。会場となったフェデリコ・ガルシア・ロルカ・センターは、カジミール・マレーヴィチもどきの方形を大胆にとりこんだ建物で、ベージュと濃い褐色のツートンカラーによる清潔なファサードは、真向かいにそびえ立つ大聖堂の石造りの建物と瑞々《みずみず》しいコントラストをなしていた。

後でプログラムを見て、ロルカとドストエフスキーの関係を扱った報告があったことを知った。『罪と罰』のラスコーリニコフが見る悪夢（「大きくてまるい赤銅色《しゃくどういろ》の月が窓からまっすぐのぞきこんでいた」）とロルカの詩「月と死」を比較し、詩人におけるドストエフスキー経験の内奥に迫ろうとする試みである。その報告では、一九三一年、当時三十三歳のロルカが、故郷の町の図書館がオープンした際に行った挨拶の一部も引用されていた。

「彼（ドストエフスキー——筆者注）は、凍えながらも火を求めず、はげしい渇きに苦しみながらも水を求めず、書物を、つまりは地平線を、つまりは精神と心の頂点に上りつめるための階梯を求めたのでした」

ロルカがここで言及したのは、むろん、オムスク監獄時代のドストエフスキーの姿である。

シンポジウム二日目の夕刻、わたしは早めに会場を後にし、待望のアルハンブラ宮殿へと足を伸ばした。有名なアラヤネスのパティオに立ち、暗い水面を見つめながら、神秘的な何かが湧き起こってくるのを待った。だが、何も起こらない。傍らを過ぎる観光客のざわめきに遮られたせいではなく、きっとわたし自身の老いにその原因はあるのだろう。そもそも人間が感知する神秘的な働きかけとは、つねに、ありあまる精神的エネルギーの代償として生じるものだから。つまり、わたし自身にその絶対量が不足している、ということだ。

帰国してから、改めて学会報告を読み、ドストエフスキーの作品にアルハンブラ宮殿への言及があることを教わった。セミパラチンスク時代の小説『伯父様の夢』で、主人公の母親が、金を目当てに富豪の老公爵に娘を嫁がせようと誘導するセリフである。

「だってあの、魔法のように美しいアルハンブラ宮殿とか、金梅花とか、レモンの樹とか、驢馬にまたがったスペイン人とか、それだけでもう詩人肌の人間には……」

　興味深いことに、ドストエフスキーは、若い時代にあれほど熱い夢を掻き立てられたスペインを、一度として訪ねたことはなかった。なぜか。愛読書のひとつ、セルバンテス『ドン・キホーテ』は、『白痴』の主人公ムイシキンの誕生に大きく与った作品ではないか。ことによると、熱愛するアポリナーリヤを奪ったスペイン人医学生の記憶が、彼の心に微妙な屈折を生んでいたのか。

　思い返せば、『伯父様の夢』執筆当時のドストエフスキーは三十八歳。首都への帰還の夢と、悪夢と化した妻マリアとの結婚生活のはざまで苦しんでいた。しかしそれでも希望はあった。作家として、第二の人生が半ば約束されていたからだ。他方、作家が夢に見た憧れの地では、七十七年後、同じ三十八歳のロルカが、兵士たちが突き出した銃の前で絶望にかき暮れていた。セミョーノフ練兵場では起こりえた「奇跡」が、ロルカの身に生じることはついになかった。

魂の成熟

二〇一九年七月、ボストン

二〇二一年のドストエフスキー生誕二百年を控え、ロシア内外でその準備が進んでいた。二〇一九年の七月にボストンで開かれた国際ドストエフスキー学会も、どことなくプレイベント的な趣があって、折にふれ「二年後」が話題に上った。世界各地で盛り上がるのはいいが、研究者は疲弊しないか、との危惧の声も聞かれた。

今回の集会は、わたしにとって実質、初めての参加だった。だが、胸の内には、もう一つ別の秘めたる目的があった……。

大会四日目、セッションが早めに切りあがったのを幸いと、会場のボストン大学を早めに抜けだし、市電に飛び乗った。めざすは、ボストンコモン。十七世紀半ばに作られたアメリカ最古の都市公園、いや、少し大げさにいえば、一ロシア研究者であるわたしの胸の内に深く「回心」が湧き起こった思い出の場所である。

ソ連崩壊から一年と経たない一九九二年秋のことだ。その年、生誕百年を迎えたある女性詩人をめぐる国際研究集会が、ボストン郊外のある大学で催された。詩人の名前はあえて明かさず、独ソ戦開始後まもなく、ヴォルガ河畔の町で非業の死を遂げた女性詩人とだけ記しておく。この詩人に魅せられていたわたしは、発表の予定も身の回りの十分な準備もないまま、成田から飛び立ったのだ。

当時のわたしは、いまだソ連崩壊のショックが癒えずに、見るもの聞くものすべてをソ連に重ねて、「ペレストロイカ(改革)」は間違っていたのか、と自問する日々を送っていた。わたしは大のゴルバチョフ主義者にしてソ連邦維持派だったのだ。ところが、ボストンの瀟洒《しょうしゃ》な街並みに魅入られ、リスたちが嬉々と跳ねまわる公園の草地にたたずむうち、突然「回心」が起こった。

その時、わたしの頭にこだましていたのは、亡命した文化史家の言葉「ロシアは失敗の歴史だ」だった。ロシアの文化は連続性を欠き、世代から世代へと受け継がれて豊かなものとなる遺産の複雑な統一性がない。要するに、ロシアは成熟の何たるかを知らないということなのだが、その成熟の、見事すぎる手本が目の前のボストンコモンにあった。と同時に、遠くモスクワの灰色の空の下、フルシチョフ時代の粗製アパートが立ちならぶ光景がくっきり蘇ってきた。一九一七年の「革命」を現実化するには、つまり社会主義を担いきるには、物質的にも、精神的にもあまりに余裕が欠けていたと感じた。

あれから二十七年、ボストンの成熟ぶりに何ひとつ変化を認めることはできなかった。芝生の上を嬉々と走りまわるリスの姿にも感興は起こらず、池のほとりでただ茫然と自撮りを楽しむ。あの時の「回心」はほんとうに正しかったのだろうか。

夕刻、シンポジウムに参加した四十人近いロシア人と市内観光に出た。アメリカの豊かさに圧倒される「敗者」たちの姿が見たい、そんな邪《よこしま》な気持ちも手伝って、わたしは終始、彼らの表情に見入り、聞き耳を立てていた。ところが、どこを訪ねようが、だれからも驚きの声は上がらない。グローバリズムの勝者への過度な劣等意識も、敗者の自尊心に伴いがちなねじ曲がった傲りもない。この余裕は、いったいどこから？

一週間に及んだ研究集会の締めくくりに、今年七十歳になる学会長のザハーロフ氏が、「デジタル・ドストエフスキー学」の未来について語った。思えば、ソ連時代のロシアは、ＡＩやデータサイエンスの最先端基地ではなかったか。もしもソ連が今なお残存していれば、と、そんな「未練」が頭をかすめる。

体軀《たいく》に似合わぬ、はにかみと笑顔。「文学を愛するとは、魂で世界を見ることなのだよ。でも、世はＡＩ時代、しっかりお相手していこう」ザハーロフ氏の口調にはそんな余裕すら感じられた。

市内観光を終えたその夜、大学寮の一室では、宴が開かれていた。『ドストエフスキー　最後の一年』の名著で知られるヴォルギン氏をはじめ、世界にきらめく碩学《せきがく》たちが、グラスを傾け、和気藹々《わきあいあい》とドストエフスキーの裏話を楽しんでいる。わたしは忘れていた。彼らには、ウオッカという偉大な守護神がいて、それこそが真の余裕の源だったことに。翻って、そんな彼らの余裕こそ、現代に失われ、見直されるべき真の文化的成熟というものではないのか。成熟が、景観ではなく、人間の魂の奥で起こることを、わたしは不覚にも失念していたらしい。

総会では、次の二〇二二年の開催地を「名古屋」とすることが満場一致で決まった。「これでまた三年間の生きがいが見つかりました」そんな老研究者の祝福が嬉しかった。彼らはきっと、日本人のドストエフスキー愛の強さに目を瞠るに違いない。

帰国後、まもなく日本では、台風十九号の猛威で全国に甚大な被害が出たが、ロシア人は、他者の不幸にひどく敏感だ。ボストンで再会した旧知の友人からさっそくお見舞いのメールが届けられた。その真率な心づかいが嬉しく、わたしはお礼の返事にこう認《したた》めた。

「大丈夫です。開催を予定している三月中旬の日本は、猛暑も、台風もありません。運が良ければ、私たちの自慢の桜を目にすることもできるでしょう」

最後の一行は、むろん、「二〇二〇年」を見据えての誘い文句だが、その「二〇二〇年」の組織委員会が、いまスタートしたばかりである。

AI時代のバッハ

二〇一九年八月、東京

ヨハン・セバスチャン・バッハの音楽が、人生の新たな道連れとなりそうな予感がする。きっかけは、三年前、知人に推奨され、半信半疑で購入した教会カンタータ全集。CD五十五枚入り十万円の買物には、かなりの勇気が必要だった。マラソンにも似た長丁場になると覚悟し、朝のストレッチ体操の際に必ず一曲は聴くと心に決めた。だが、七、八枚までできたところで息切れがし、それから瞬く間に三年が過ぎてしまった。

この夏、部屋の模様替えついでに改めてその内の一枚を聴き直してみた。BWV147番「心と口と行いと生活で」。そこで奇跡が起こった。スピーカーから流れ出たトランペットの明るい響きと女性合唱の見事なハーモニーに体中の血が騒ぎだしたのだ。理由はわからない。ことによると、三年前の十日ほどの出合いの記憶が、上質のワインのような熟成の時を迎えていたのかもしれない。こんな気の利いた再会がひそかに約束されていたとは、人生もなかなか捨てたものではないと思った。そこで改めてYouTubeにアクセスし、同じ147番を、今度は映像で確かめることにした。ウィーンの指揮者ニコラウス・アーノンクールがウィーン・コンツェントゥス・ムジクスを相手にした演奏である。皿のような目がくるくる回るのがとてもおかしく、指揮棒なしのその剽軽《ひょうきん》な手さばきに、歌い手たちの顔が微妙にほころんでいる。

こうして何度か映像を楽しんでいるうち、わたしのバッハ好みをいち早く察知したらしい人工知能(AI)が、連日バッハ演奏の新情報を送りつけてくるようになった。おもに、スイスの教会で収録されたバッハ財団による演奏で、映像そのものもとびきりの瑞々しさである。

それにしても妙というほかない。教会の音楽に、これまで何ら親近感を持つことのなかったわたしだが、それが今はどのカンタータを聴いてもたちまち愛着が湧いてくるのだ。ついに焼きが回ってきたか、それとも、これこそを老いの賜物というのか。

ところが先日、そんなハッピー気分に、突然、冷水を浴びせられるような新聞記事を読んだ。今をときめくイスラエルの歴史学者ユヴァル・ノア・ハラリが、インタビューにこう答えていたのだ。近い将来、AIやバイオテクノロジーなど先進科学を制した一握りの人間の支配のもとで、人間の多くが「無用者階級《ユースレス》」に落とし込められる。

恐ろしい。こうなるともう、れっきとしたＡＩ全体主義である。思えば、その兆候が、地球上のありとあらゆる局面に現れている。

それにしても、「無用」の二文字がやけに生々しく響いた。というのも、その記事が、ＩＣＴに極端に疎いわたしを名指しで責め立てているような気がしたからだ。「老兵は、消え去るのみ」の一行がふっと頭をよぎる。と同時に、ある一つの連想がにわかに湧き起こった。わが愛するドストエフスキーが、『悪霊』に登場する過激な人物に語らせたひと言である。

この人物の予言によれば、社会主義を成しとげた暁《あかつき》に人類は、二つの不均等なグループに分割され、少数の知的優位者が、多数の知的劣等者を支配する。そして知的劣等者は、幾世代かを経たのち、家畜の群れのごとき原始的な天真爛漫さに至る、という。かつては、荒唐無稽とも思えたこの理論が、グローバル時代いやＡＩ時代と呼ばれる現代と奇妙に親和的な響きを奏でているのに気づかされる。

だが、不安は一瞬のうちに去った。今のわたしに言わせると「無用者階級」、大歓迎。わたしたちには、バッハという強い味方がいる。たとえ無用者でも、携帯電話のブルートゥースぐらいは許されるはずだ。老いて体がままならなくなっても、ベッドの上で自在に音楽にアクセスできる。そもそも、そうして、ＡＩにしがみつこうとする人間がいなければ、ＡＩ社会そのものが成り立たないではないか。

一方に、不老不死まで手に入れようとする知的優位者がいる。それはそれで大いに結構。われら「天真爛漫」組は、そんな少数者の傲りを尻目に、人生を存分に謳歌しよう。ただし、「教養」などという生ぬるい代物は、もはや役立たない。ＡＩの猪突「盲信」に抗するには、「狂気」を、いや強い情熱を手に入れる必要がある。ここでいう情熱とは、むろん芸術への限りない愛のことだ。

わたしが今、聴きはじめているのは、ＢＷＶ12番「泣き、歎き、憂い、怯え」――。そこには、えもいわれぬ悲しみの表現があり、ひたすら従順であれ、とのメッセージがどこからともなく聴こえる。それは、ドストエフスキーのメッセージでもある。わたしの目の前に鎮座するＣＤ五十五枚入りのボックスは、十年分の備蓄。「人生百年」を終えるまでにさらに二十年。ＡＩがひそかに送りつけてくるYouTubeからの招待メールも、もちろん大歓迎である。

「喜々津よ」　二〇一九年十月、島原

十月初旬の土曜日。島原の乱ゆかりの地を訪ねようと、発車間際の老朽化した青い車両に飛び乗った。やがて若い母子連れが、向かいの席に腰を下ろした。母親は、三十代前半、少年は五、六歳といったところか。

発車と同時にバッグからパソコンを取りだし、膝の上に置く。島原駅から先、原城址までのバスの便に不安があったのだ。やがてふと目の前の母親が腰を上げた。窓を開けにかかる少年を手伝っている。十センチほどの隙間《すきま》から風が吹き込んできて、母親の髪を乱した。「ねえ、もっと開けていい？」少年は不満そうに何度もふりかえるが、母親は優しくかぶりをふるばかり。列車はまもなく長崎トンネルに入った。少年は、諦めて車窓から目をはなし、わたしのほうにじっと目を向けた。その目力《めぢから》に負けて、わたしは思わず微笑みを返した。少年の表情がかすかに緩むのを見た。母親は、いつのまにかバッグから本を取りだして読んでいる。だが、揺れのせいもあってか、

集中しきれていない様子だ。

少年の、賢そうな目と母親の優しいしぐさに惹かれ、わたしは空想しはじめた。この母子の旅をめぐって、どんな短編小説が紡げるだろうか、と。そこでメモを取りはじめた。「水色の半袖シャツ　短パン　紫色のブラウス　デニムのスカート　白いシューズ　カズオイシグロの小説　特急35号?……」。だが、一向に浮かびあがらないプロットにしびれを切らし、わたしはメモを止めた。やがてトンネルが切れ、少年が「あっ!」と声を上げた。母親が明るく応じた。

「喜々津よ」

長野県・軽井沢高原文庫での講演から、すでにひと月半が過ぎていた。講演のタイトルは、「加賀乙彦とドストエフスキー」。外は、別荘地らしからぬ強烈な日差しが照りつけ、会場内も熱中症すら危惧されるほどの暑苦しさだった。三カ月ほどかけて準備した講演では、加賀におけるドストエフスキー受容の歴史を紹介し、『宣告』や『湿原』などの主要作に見るテーマ上の連関性について触れ、最後は、『永遠の都』に描かれたミステリー風の事件をめぐる「謎解き」で締めくくった。講演が成功したかどうか、わたしにはわからない。だが、最後の「謎解き」には、少なからず自信があった。そこには、ドストエフスキー晩年の作品に濃厚に立ち現れる「黙過」の主題が影を落とし、とくに『カラマーゾフの兄弟』における父殺しの構図を重ねれば、そのおおよその輪郭がつかめる仕組みになっていたからだ。そしてその「黙過」の主題は、わたしの連想のなかで、江戸期の潜伏キリシタンの悲劇に結びついていた。なぜ、神は、彼らを見捨てたのか？

わたし自身、加賀の全長編(キリシタンものを除く)を読み通し、満を持して臨んだ講演会だったが、心のどこかで彼の全体像を把握しきれていないという忸怩《じくじ》たる思いがあった。そして結局は、『ザビエルとその弟子』や『殉教者』の著者である加賀のカトリック入信のドラマに入りこまなくては何も理解できない、ということがわかってきた。と同時に、ドストエフスキーの作品もまた、彼の信仰の本質に触れなければ、何も理解できないのだ、という思いが改めて立ちあがってきた。かつて、加賀と初めて対談した際、彼が、江川卓の『謎とき「罪と罰」』をめぐって、キリスト教がわかっていない、と手厳しく批判した言葉が思い出された。むろん、加賀に言わせれば、わたし自身も「わかっていない」一人だった。では、わかるとは、どういうことか。わかるには、どうしたらよいのか？

じつを言えば、講演に先立つ十日ほど前、わたしはその準備も兼ねて、熊本・天草諸島を訪問していた。天草では、まず天草四郎ミュージアムを訪れ、それから潜伏キリシタンの踏み絵が行われた崎津の教会にまで足をのばした。だが、有明の海に面するホテルから夜の海を望むうち、何としても対岸の原城址を訪ねなければ、との思いが募ってきた。島原の乱の現場、天草四郎の死地である。そして思いがけず、そのチャンスが、二カ月後の十月初旬にめぐってきた。長崎への公務出張を利用し、わたしは島原半島を海沿いに迂回して原城址をめざした。カトリックに批判的だったドストエフスキーを不寛容だと感じるわたしにとって、もはや、カトリックも正教もなかった。キリスト教の「パッション」の何たるかが感じられればそれでよかったのだ。

原城址は、有明の海を臨む見晴らしのよい丘の上にあった。幕府軍との四カ月におよぶ攻防の末に犠牲となった一揆軍の数、二万人。これほどに開かれた場所で、あれほどにも陰惨な悲劇が起きた。カタストロフィの跡地でつねに目を引き、痛ましさを際立たせるのが、緑の草地だ。アウシュヴィッツでも、プノンペンでも、大地に生える草に微妙な生々しさを覚えた。十四歳にして一揆の総大将に祭り上げられた天草四郎少年の最後を脳裏に描く。泣き崩れる母。その悲惨な光景は、とてもこのわずかな紙幅では書き尽くせない。わたしはふと、今朝のシーサイドライナー号での出会いを思い返す。あの、美しい母子は、いま、どこで、何を……。

虚しい抵抗

二〇二〇年二月、名古屋

極限のノイローゼ状態にあった。

忘れもしない。一月下旬、中国の赴任先からわが子が戻ってきた。武漢《ぶかん》閉鎖の前日のことだ。感染しているかもしれない、という恐怖におののきながら毎日が過ぎる。だが、避難してきたわが子を受けいれない、という選択肢はなかった。二週間が経過した日、これで一安心と、家族全員でささやかに無事を祝った。といって、警戒心を解いたわけではなかった。その間も、二月二十二日に予定されているドストエフスキー国際シンポジウムの日が刻々と迫っていたのだ。今にして思えば、この日にシンポジウムを設定したのは、「絶妙の」タイミングだった。これが、かりに一週間でも遅れていたら、開催断念に追い込まれていただろう。むろん、オンラインによる代替措置を考えるほど、意識も技術も進んではいなかった。

社会全体にまだ若干の楽観ムードが漂っていたとはいえ、すでにダイヤモンドプリンセス号の「現実」が明らかになっており、わたしたちの妄想は徐々に危険域へと近づきはじめていた。驚くべきことに、その時期、ロシアではまだ感染者の数も少なく、ロシアはあたかも「聖域」であるかのような「伝説」まで生まれていた。しかし、わたしは確信していた。死の恐怖の欠如が、いずれは爆発的な感染を生む、と。いずれにしても、ロシアからの客人に感染させるという事態だけは避けなくてはならなかった。わたしは、必要以上に客人から遠ざかろうとしていた。

二月二十二日、名古屋外国語大学での国際シンポジウムには、約百名の来場者があった。朝の十時から夕刻五時半まで延々と発表が続き、最後は、ロシアから招聘したパーヴェル・フォーキン氏の講演で締めくくられた。タイトルは、「ドストエフスキーの『信仰告白』から見た『カラマーゾフの兄弟』」。ロシア人研究者以外にはおそらくだれにもできない、まさに正統な主張であり、論の組み立てには一分の隙《すき》もなかった。彼は、講演の冒頭に近い部分で、ほぼ決め打ちともいうべき引用を行った。最晩年の手帳に記された有名な一行である。

「私はなにも小さな子どものようにキリストを信じ、キリストの教えを説いているわけではない。私のホサナは大いなる懐疑の試練を経ているのだ」

その前提に立って、彼はこう断言したのだ。

「(『カラマーゾフの兄弟』は、——筆者注)伝統的な小説ではありません。芸術文学の作品でさえありません。これは小説の形をとった作家の信仰告白なのです」

人一倍疑い深い人間であるわたしにとっては、絶対に受け入れがたい前提だった。そもそも、小説という器それ自体、みずからの「信仰」を告白する場とはなりえない。「懐疑の試練」をくぐり抜けた結実としての信仰であったとしても、それは、小説の世界とはべつのレベルの問題だ。わたしに言わせると、『カラマーゾフの兄弟』(「第一の小説」)は、あくまで、プロとコントラの二つの原理がしのぎを削る場であり、それらの「総合《ジンテーゼ》」がいずれ説かれるにしても、それはけっして「信仰告白」としてではなく、小説それ自体が、おのずと導きだす結論でなくてはならない。書かれずに終わった「第二の小説」(続編)には、むしろ、みずからの「信仰」の問題を超えた壮大な使命が託されるはずだった。

そう考える一方で、わたしは最晩年の作家の精神状態に思いを馳せていた。金銭的にも家庭的にも幸福の極みにあったが、身体面の不安は片時も彼の念頭を去ることがなかった。親しい医師から、少しの興奮も命取りとなるとまで脅されていた肺気腫の悪化である。

当時、ド・ヴォラン男爵なる人物が、「革命が起こったら、ドストエフスキーは大きな役割を演じるだろう」と語ったとされるが、作家に対する革命家たちの期待は無視できないレベルにまで達していたのかもしれない。だが、現実に革命が起こった場合、当の作家自身にその荒波を乗りきるだけの体力があったかどうか、となると大きな疑問符がつく。『作家の日記』に記された次の一行からは、彼の本音に近い何かが聞こえてくる。

「平安だけがあらゆる偉大な力の源泉なのだ」

シンポジウム終了後のわたしは、まるでキリストを裏切るユダの心境だった。時間を経るごとに、フォーキン氏の主張がじわじわとわたしの内面に食い込みはじめ、「お説のとおりです」と膝を屈したい誘惑にかられていた。彼の講演をめぐる短いコメントで行った抵抗はいかにも空しかった。だが、わたしにも意地があった。きちんと説明し直さなくてはならない。そのためにはまず、「和解」のワインが欠かせないと思った。もはや、コロナウイルスなど怖れてはいられなかった。だが、ソーシャル・ディスタンスを保つための二メートルの距離を守るかぎり、きっと何ひとつ語れないだろうと予感した。そこでわたしは敢えてマスクを外し、彼の部屋のチャイムのボタンを押した……。

一匹の蝶の羽ばたき

二〇二〇年五月、名古屋

白く輝く夜の公園に出る。

舞い落ちる花びらをかきわけるようにして息を吸い、息を吐くうちに不安が湧きおこってきた。吐き出されたこの息はどこへ行くのか。

「ブラジルの一匹の蝶の羽ばたきはテキサスで竜巻を引き起こすか?」

一般に「バタフライ効果」で知られ、未来を予知することの困難さをたとえた言葉だが、ここで確実に言えることが一つある。ブラジルの一匹の蝶とは、ほかでもない、今、夜の公園で深呼吸しているわたし、テキサスの竜巻は、今、世界を席捲《せっけん》しているパンデミックの嵐——。

十五の年にドストエフスキーの『罪と罰』を読んだ。十九世紀ロシアの首都を舞台に、社会悪の根源とみなす高利貸しの老女を殺害し、その腹違いの妹をも道連れにする元大学生の物語である。当時中学生のわたしは、文字通り、青年にシンクロし、老女殺害の場面では、恐怖とスリルを味わった。読書が、現実よりはるかに深い人生経験へ導くことを教えてくれたのはまさにこの小説だった。ただ、青年にとりついた奇怪な選民思想にはつよい違和感を覚えた。世界には天才と凡人がいて、天才は正義のために凡人を殺すことも許されるという。それは変だ、そんな理屈で人を殺せるはずがない。十五歳の少年にもそれなりに冷静な批判的思考が備わっていたらしい。

最近、この青年の「思想」が、この上なくリアルな問題として存在しうることを悟らせる事件に出合った。期せずして同時期に起こった相模原障碍者施設殺傷事件の裁判、そしてパンデミック下の北イタリアの病院で起こった「トリアージュ（患者選別）」の二つである。動機の根本において両者は完全に背を向けあっているが、人間がみずからの判断のもとで他者の生命の選別を行うという点で共通している。生命に貴賤上下の区別はないはずなのに、まさにその普遍的な規範からはみ出す恐るべき事態が生じたのだった。

思うに、人間の傲りが生み出す悲惨な事態を予見的に察知していたドストエフスキーは、小説の主人公が見る夢に介入し、読者にあるメッセージを送り届けた。

「全世界が、ある、恐ろしい、見たことも聞いたこともない疫病の生贄《いけにえ》となる運命にあった。疫病は、アジアの奥地からヨーロッパへ広がっていった。（……）出現したのは新しい寄生虫の一種で、人体にとりつく顕微鏡レベルの微生物だった」

ディテールの出所が知られている。一八六〇年代前半のドイツで、動物の筋肉に入り、人間にも寄生する「微生物」の存在が明らかとなった。話題はやがてロシアにも伝播し、一大パニックを引き起こした。慧眼《けいがん》にもこの事件に着目した作家は、そこに新たな意味づけを施した。今やこの謎の「微生物」に感染した患者が示す症状は発熱や咳ではない、自分のみが絶対に正しいと信じる恐るべき「傲り」である。そしてその傲りゆえに人類全体が滅びる、と作者は考えたのだ。

『罪と罰』に出会ってから五十五年を経て、そしてコロナ禍という現実下に置かれて、ついにこの悪夢に託された意味が明らかとなった。状況は怖《おそろ》しく悲劇的である。では、人類を滅亡から免れる手立てを、十九世紀の作家はどう考えていたのか。謙虚であれ、と呼びかけるだけでは空疎なお題目に終わる。だが、最晩年の『カラマーゾフの兄弟』に、かすかながらもそこからの救いを暗示する一行を見出すことができた。

「もしわたし自身が正しい人間であったら、わたしの前に立つ罪人はそもそも存在しなかったかもしれない」

どのようにしてこの言葉が、コロナ禍の現実と結びつくのか。そう、ここに記されている「わたし自身」と「罪人」は、お互いに見ず知らずの他人と考え、ドストエフスキーの言葉をパラフレーズしてみる。

「わたしが正しい人間ではないから、わたしの目の前に立つ人間は、罪人として現に存在している」

おそらくは「原罪」と名づけられるものの根源的な自覚に通じるこの言葉は、パンデミック下のわたしたちが今指針とすべき規範に深く通じている。「バタフライ効果」の比喩を用いるなら、一匹の蝶としての自覚のもと、罪の意識で結ばれた大きな共同体に身を置く覚悟が必要だと、作家は語りかけているのだ。パンデミック下での無自覚は、人間の「傲り」の証であり、有罪を免れない、と。北イタリアの病院で見捨てられた老人の絶望に思いを馳せながら、わたしは内心の声に耳を傾ける。

「あの老人を殺したのは、おまえかもしれない」

無自覚から立ち上がれ。だれもがそうした決意を持って行動しはじめたとき、人類はこの恐るべきウイルスと「傲り」の息の音を止めることができる。わたしも夜の公園をいち早く立ち去らなくてはならない。

死の謎

二〇二一年五月、東京

ドストエフスキー生誕二百年――。

二〇二一年の幕開けは、わたしにとってまさに厄年と呼ぶにふさわしい苦しい始まりとなった。およそひと月にわたる病院暮らしで、改めて、牢獄やラーゲリに生きた人々の日々に思いを寄せた。守られているという安心感が、人が生きていくうえでいかに大切かを悟ることができた。

コロナ禍で一切の面会が禁じられていたが、とくに苦痛は感じなかった。朝の六時起床、九時就寝の単調な暮らしながら、時として思いがけない「旅」の時空が生まれた。四月の終わり、iPadによる読書を介してわたしは、一八八一年一月のサンクトペテルブルグへと旅立つことができた。

道案内の役割を果たしてくれたのは、イーゴリ・ヴォルギンの著書『ドストエフスキー　最後の一年』である。五十代のとば口でドストエフスキーと再会してから、折りに触れて読みかえしてきた愛読書の一つ。しかし、今回の再読には特別の目的があった。ドストエフスキーの死の「現場」をもう一度正確に辿り直したい。もっと言えば、一信仰者としての事実と、革命家たちへの隠れシンパというもう一つの事実が、彼の現実の死に、どのような波紋を描いたのか、それを改めて確認したいと願ったのだ。

一八八一年一月二十八日、ドストエフスキーは、肺動脈の出血が原因でこの世を去る。引き金となった最初の発作は、同月二十六日未明に起こった。アンナ夫人の『回想』では、深夜、床に落ちたペン軸が本棚の下に転がり、それを取りだすために無理して本棚を動かそうとしたのが原因とされている。

ところが、このアンナ夫人の『回想』にたいし、疑問の声を挙げたのが、ヴォルギンである。彼によると、夫人が残した『回想』の草稿には、複雑な書き換えのプロセスが見られるという（草稿では、「本棚」ではなく、「重い椅子」を持ち上げたとなっていた）。肺動脈出血という事態を説明するのに、夫人は、なぜ、事実の書き換えという危険な作為に及んだのか。ヴォルギンは、夫人の『回想』では、深夜、作家を襲った発作の真の原因が故意に隠されているとし、その真実を明らかにする。

同じ一月二十六日未明、ドストエフスキーと同じアパートの隣室（十一号室）で、警察による家宅捜索が行われた。皇帝暗殺をもくろむ「人民の意志」派のメンバー、バランニコフ某がそこをアジトとしていた事実が判明したのだ。

問題は、壁一枚隔てた向こう側の部屋に、革命家が寝起きしている事実を、作家はまったく知らなかったか、という点に集約される。皇帝権力としても、革命派のアジトが大作家のアパートの隣室であるなど寝耳に水だったろう。かりに逮捕されたバランニコフの自白で、皇帝の後ろ盾もある作家が隠れ蓑に利用されていたことが明らかとなった暁には、おそらく重大な嫌疑が作家に降りかかったにちがいない……。

消灯の時刻からもう二時間も過ぎていた。ドアの向こうの廊下の明かりもすでに消えている。わたしは好奇心を抑えきれず、iPad の検索エンジンに「ドストエフスキーの家　プラン」と入力した。画面上に、ドストエフスキー博物館の平面図が出てくる。書斎から「薄い壁」で仕切られていたというテロリストたちのアジトは、現在、博物館の展示室に代えられていることがわかった。二〇一九年の夏、ペテルブルグのドストエフスキー博物館を訪れ、そこでいくつかの展示品にカメラを向けたわたしは、まさにそのアジトの内部に立っていたことがわかった。

ヴォルギンによると、逮捕されたバランニコフは、取り調べに対し、作家の名前を一切口にすることはなかった。逆に作家にとって、この家宅捜索は、ほとんど「致命的」ともいうべき衝撃をもたらしたと想像される。それが、一月二十六日未明の喀血《かっけつ》である。ドストエフスキーは極度のパニック状態にあった。

しかし、結果として作家は、自らの恐怖や不安をよそに、ほぼ完璧ともいえる安全地帯にいたことが明らかとなる。ここからは、空想の領域である。最終的に皇帝権力がとろうとした作戦は、文豪の「二枚舌」に目をつぶり、自分たちの陣営に彼をしっかりとつなぎ留めおくことだった。『カラマーゾフの兄弟』の作者として押しも押されもせぬ大作家としての栄光を勝ち得つつあった時期の彼であれば、なおさらである。作家が、かりに、革命家たちの側に共感を抱きはじめていたとするなら、むろんその表明だけは、力づくで抑え込まれねばならなかったろう。そして彼も、皇帝権力の有無を言わさぬ圧力には、営々として膝を屈したにちがいない。

思えば、彼は、国家の囚人として、自己の「二枚舌」の囚人として、まさに出口なしの状況のなかでその生涯を終えたと言ってよい。光明は、ひとえに『カラマーゾフの兄弟』の続編を書くことにあったが、その重圧に耐えられるだけの体力はもはや残されてはいなかった。

エピローグ

二〇〇八年七月、サンクトペテルブルグ・東京——。

いくつの大地を見てきたことだろう。

アエロフロートの機上から淡い夕日をながめ、眼下に広がるシベリアの、海底のような大地を見おろしながら、ふとそう思った。大地はひとつなのに、風景は数知れずある。

大地の凄み、という点で、どこよりも強烈な印象を焼きつけられたのが、カスピ海を取りかこむ一帯だった。ドストエフスキーといったんは袂《たもと》を分かつことで可能となった旅、そして土地。逆に、袂を分かたなければ、けっして目にすることのできなかった風景。一九九四年の夏、カスピ海の西岸、ヴォルガ川の南に広がるカルムイク草原を車で走り抜けていたとき、わたしはまるで一匹のアリに転じたかのような心地よい錯覚にひたっていた。自分がそこにあることに、何ひとつ非現実感を覚えることはなかった。記憶のなかの時間ではなく、ひたすら現在のときを生きていた。端的に言って、われを忘れていたのだ。

十年後の秋、今度はカスピ海の東岸を旅していた。ソ連製のプロペラ機アントノフ24から、塩田が白いオアシスのように浮きだしたキジルクム砂漠を見下ろしていた。目的地は、この地球上でいちばん遠い町とひたすら思いこんでいたカラカルパクスタン共和国の首都ヌクス。イスラムの文化が支配するこの町に、ソ連時代のアヴァンギャルド絵画を数万点所蔵する美術館があるという。ヌクス訪問を終えると、わたしは次にアラル海へと向かった。砂漠に水をうばわれて涸渇《こかつ》したアラル海では、海底の砂の上で何艘もの廃船が苦しげに鎌首をもたげていた……。

最後に見た大地は、中国の長春からハルビンに向かう満州の原野である。マイクロバスの車窓に広がるトウモロコシ畑を眺めるうち、かつてロシア中西部を旅していたときに見たステップ地帯と少しも変わりがないのを見て軽いショックを覚えた。ロシアに固有の大地などというものはどこにも存在しないのではないか……。

翻って『罪と罰』の主人公が「有頂天になって」キスするセンナヤ広場を、本来的な意味で大地と呼べるだろうか。眼下に広がるシベリアの大地と比べれば、蜂の巣穴ほどもないちっぽけな空間ではないか。十年近いシベリア流刑の記憶をもつ作家は、ピョートル大帝が建設した石の都と、都の中心に現出した小さな大地のコントラストを、何かしら皮肉な意図をもって描きわけようとしていたのか。

『罪と罰』のフィナーレで、作家は、シベリアの大地に立ちつくす主人公の一挙一動を、さながら庭師のような手さばきで描写している。彼がひとりの人間として甦ってくれることへの期待が行間からひしひしと感じとれる。その理由について答えるには、ドストエフスキーが愛したヨハネの黙示録の一句を引用するのが、いちばん手っ取り早いかもしれない。

「わたしはあなたの行いを知っている。あなたは、冷たくもなく熱くもない。むしろ、冷たいか熱いか、どちらかであってほしい。熱くも冷たくもなく、なまぬるいので、わたしはあなたを口から吐き出そうとしている」

ごく単純な理解において、死者が、生ぬるい、ということはありえない。死者が「なまぬるい」なら、それは「生きた屍」の意味である。ラスコーリニコフに命が与えられた理由は、彼が冷たく、そして熱い存在だったからだとわたしは信じている。だが、命が与えられたからにはそれに応えて生きていかなくてはならない。彼に下された八年の刑は、神ではなく、ドストエフスキーがみずから下した「生きよ」のサインなのだ。

ならば、もう一度問わなくてはならない。何をもってこの男の「甦り」の証とするのか。その問いに対し、わたしはいま少なくとも一つだけ答えることができる。すなわち、主人公の真の苦しみは、「甦り」の後にこそ現れるということ。なぜなら「甦り」とは、何よりも命の重さにめざめることを意味し、命の重さに目覚めるということは、とりもなおさず……いや、これ以上、駄弁を弄さない。いまは、何も書くことをせず、読者一人ひとりにその答えを委ねたいと思う。

魂の地図

あとがきに代えて

ドストエフスキーの文学と出会ってから今日にいたるまで約六十年の時が流れた。その間、およそ三十年間は、ロシアの前衛芸術やスターリン時代の文化の研究に勤しんでいた。だが、何を対象とするにせよ、わたしの胸に刻まれたドストエフスキーとの出会いの記憶が消えることはなかった。放浪する詩人の世界を辿りながら、あるいは創造的知識人の運命をもてあそぶ独裁者の心中に分け入りながら、わたしがつねにその洞察の手がかりとしていたのは、ドストエフスキーの文学である。そして二〇〇一年九月、ついに再会の時が訪れてきた。ツインタワー崩落のテレビ画像に何度も見入りながら、わたしは、『悪霊』の世界に思いを馳せていた。そこで思いがけず、ドストエフスキーの文学にアプローチする自分なりの視点を手にすることができたような気がした。「黙過」(すなわち「黙って見過ごすこと」)の主題である。それから二十年、わたしは、この「黙過」の主題を中心に、それこそ死に物狂いでドストエフスキー文学の何たるかを、わたしなりの世界観と方法論によって明らかにしようとしてきた。

本書は、ドストエフスキーとの出会いから今日にいたるまでの六十年間の旅の「記録」である。旅それ自体をひとことで定義するなら、ドストエフスキーが物語のなかに隠した架空の地図をわたしなりの力で解読し、登場人物たちの魂のありかを探りあてる旅ということになるだろうか。そこには、作品の登場人物たちに交じって、むろん、作者自身もちらほら姿をみせる。登場人物と作者、そして僭越《せんえつ》ながらも、一読者であるわたしが同時に呼吸する時空間と呼ぶことも可能かもしれない。思えば、作者の姿が視界から消える瞬間も一度ならずあった。だが、たとえその姿が見えなくても、つねにその存在の気配は感じとってきた。壁一枚を隔てた隣の部屋に、あるいは遠い町の一角に。あるいはその気配が、銀色に鈍く光るアルミのプレートに、黒々としたブロンズの塊に早変わりするときもあった……。

なぜ、ドストエフスキーを追い続けるのか、と問われたら、曖昧にこう答えよう。人生の旅の道連れだから、と。では、ドストエフスキーの何に惹かれているのか、と問われたら、自信をもってこう答えよう。彼の世界観に惹かれている、と。そして彼の世界観の根底をなしている(とわたしが考える)次の言葉を、その証として掲げる。

「人間のだれもが、すべての人、すべてのものに対して罪がある」(『カラマーゾフの兄弟』第二部)

この一行への、若い時代からの共感がなければ、わたしのドストエフスキーへの愛は、とうていここまで深まることはなかったと思う。わたしは、ひたすらこの一行を原点として、彼の文学における許しの思想について考え続けてきたのだ。思うに、ドストエフスキーがこの一行に二重写しにしていた「罪」の観念こそが、「黙過」にほかならない。

本書をもって、わたしのドストエフスキーとの旅は、いったん閉じられる。しかし、旅そのものが終わるわけではない。本書に収められたエッセーの舞台が、限りなく現在に近づくにつれ、まるで走馬灯のように過去の記憶が押し寄せ、わたし自身、大いに困惑させられた。ただし、それらの記憶の一つ一つをリアルに再現できる自信はなかったし、再訪の町の記憶も少なからずあって、結果的にそのほとんどは断念を余儀なくされた。しかしそもそも人生の長さが有限であるように、どんな幸せな旅も永遠に続く保証はない。この旅に真の終わりが訪れてくるのは、作家の背中が見えなくなるとき、いや、わたしの記憶力が、リアルな再現力を失うときである。そう、今は、そのときの訪れをできるだけ先延ばしにするため、いや新たな旅立ちの訪れを願って日々の散策を怠らず、記憶と足腰の鍛錬に意識して取り組むべき時なのだ。

本書は、『ドストエフスキーとの59の旅』(日本経済新聞出版社)の増補版である。その後、新潮社のご厚意で新潮文庫に入り、さらにそれが絶版となったあと、岩波書店編集部の中西沢子さんが本書の存在に注目してくださった。そうして彼女のアイデアと忌憚ない示唆のもとに企画が進められ、新たに二十一編が書き加えられて再刊の運びとなった。本書を何より愛するわたしにとって望外の喜びであり、再発見者の中西さんには、心から御礼申し述べなくてはならない。また、本書の刊行へと繋げるため、「新・ドストエフスキーとの旅」連載の機会を与えてくださった『図書』編集部一同にも心からお礼を述べたい。

ドストエフスキー生誕二〇〇年の記念すべき年にあたる今年、わたしは、七十二歳を迎えた。安泰な、とはとうてい呼ぶことはできない日々が続いているが、このコロナ禍のなか、わたしはいま、息をひそめるようにしてドストエフスキーとの旅の記憶を反芻できた幸せを嚙みしめている。

二〇二一年七月二十四日

亀山郁夫

解　説

野崎　歓

文学の翻訳とは、外国語で書かれた作品を自国語で読めるようにするというだけの作業ではない。ときにそれは時空の隔たりを超えて、原著にみずみずしい生命を吹き込み、若さを取り戻させる手段ともなる。亀山さんが『カラマーゾフの兄弟』を皮切りに推し進めているドストエフスキー新訳の仕事は、まさしくそうした、蘇りの術《すべ》の実践そのものである。

古典としてあがめられながら遠ざけられがちだった作品が、亀山さんの日本語によって新たな表情を帯び、そのいきいきとした魅力が百万人を超える読者たちを引きつけた。十九世紀ロシアの小説が、二十一世紀日本の現在を生きるわれわれにとってアクチュアルな意義をもつことが俄然《がぜん》、明確になったのだ。高野史緒《ふみお》の『カラマーゾフの妹』や、伊藤計劃《けいかく》・円城塔の『屍者の帝国』といった話題作が登場し、さらには『カラマーゾフの兄弟』がテレビドラマ化されるなど、亀山訳からの刺激をきっかけとして新たな創作が続々と企てられている。一個人の訳業がこれほどめざましい反響を引き起こした例は、近年ほかにないだろう。

その渦中に置かれた亀山さんの日々を鮮烈に綴ったドキュメントが本書である。読者は冒頭からたちまち、真摯にして濃密な語り口に引き込まれ、ページを繰る手が止まらなくなってしまう。そこに描き出されるのは、とてつもなく多忙なロシア文学者の肖像である。彼はほとんど常に旅の途次にあり、しかも仕事に追われている。飛行機の機中ですかさずPCを取り出し、ホテルに落ち着くやすぐさま訳書の校正刷を広げて急ぎの仕事に没頭する。あるいは、文学作品にちなむ現場を探り当て、作家の経験をなまなましく思い描く。そのあげく「スパイ」嫌疑をかけられて六時間にわたり尋問されるといった災難が降りかかりもする。

ひょっとすると文学の研究者にして翻訳家とは一種、官憲の疑惑の目を招いても仕方のない怪しさと危険を内に秘めた存在であるのかもしれない。むしろ、あぶなっかしさこそは優れた文学者であるために必須の素質であり、バランスを崩しかけて思わず踏み出すその一歩が、彼の言葉にスリリングな鋭さを与えるのではないか。

自分は「慢性的なアイデンティティ・クライシス」のうちにある——そう自己診断する著者の言葉の、無防備なまでの率直さに読者は驚かされつつ、共感を抱かずにはいられなくなる。訳書の大成功が引き起こした「無残な『リバウンド』」、「典型的な燃えつき症候群」についても触れられている。本書を読み進めるうちに、そうした危機の感覚が亀山さんにとって、いわば記憶とともに親しいものであることがわかってくる。大好きなベートーヴェンばりに、聴覚を失うのではないかとおびえたり、祖父の臨終のときに懸命に哄笑をこらえた自分は、いつか発狂するのではないかと不安に駆られたりする。少年時代から、著者にとって生きていくことは、そうした恐ろしさとともにあった。

同時にまた、危機を乗り越える力を与えるものとしての文学と、早々と出会っていたことも記されている。「絵に描いたような文学少年」のころの思い出が、何とみずみずしく回想されていることだろう。シェークスピアに熱中し、友人を集めて『ジュリアス・シーザー』の一場面を演じた中学生時代から、『田園交響楽』の悲恋物語にしびれた大学一年生のころまで、稚《おさな》いなりに真剣でひたむきな文学探求の日々が、女の子との文通といった挿話を含め、可憐に描かれている。少年時代のあふれんばかりの純真さは、現在の亀山さんのうちにもまちがいなく息づいている。

だが、生一本なロマンチシズムの底に潜むものがいつしか姿を現し始める。ドストエフスキーとの出会いが一撃のもとに「感傷癖」を引き裂いたという風には書かれていない。むしろ著者は卒論で一度、『悪霊』の作者ときっぱりと袂《たもと》を分かったのだった。ところが捨てたはずの対象は、いっそう力を増して回帰してくる。人生の年輪を重ねるうちに、ドストエフスキーの作品は著者に対し、ロマンチシズムでは糊塗しきれない存在の真実、つまり根源的な恐怖のありさまを切実に突きつけてきたのだった。

亀山さんのドストエフスキー翻訳、および研究の際立った特徴は、アカデミックな冷静さをほとんどかなぐり捨てるような勢いで、作家の核心に踏み込むと同時に、そこに自分自身の人生の謎を解く鍵を探り当てようとするところにある。その果敢な探求において、テクストと現実、実作と研究のあいだは壁で隔てておかなければならないといった小心な発想はあっさりと廃棄されてしまうのだ。もちろん、それぞれの訳書に付された解説・注釈や、重量級の著作の数々は、時代背景に周到に留意し、先行する研究を十分に踏まえたうえで書き上げられた、堂々たる専門的成果であるに違いない。だが同時に、それがいわゆる作家研究の狭苦しい領域におさまらない、過剰なほどの熱量をたたえた「作品」になっていることは明らかだろう。だからこそ、亀山さんのドストエフスキー学は門外漢のあいだにもこれほど支持を広げていったのである。大学かいわいでは文学研究衰退を嘆く声ばかり聞こえる中、亀山さんは閉塞を突き抜けるあまりに鮮やかな例を示してくれたのだ。

同時にそれは、研究者自身のよって立つ足場を揺るがしかねない危険な道でもある。本書を夢中で読みながら、よほどの知力と体力を備えた者でないかぎり、こんな冒険の日々を生き抜くことはできないと思わされる。しかも、こうしてぎりぎりの地点で対峙するのでなければ、ドストエフスキーについて実のある議論などありえないだろうとも思えてくる。小説家は、自らの「根源」をひたすら隠すかに見えて、それを作中に描き込まずにはいない。解釈者、翻訳者にとっては、それが魅惑的な罠となる。彼は「いわく言いがたい悪」の予感におののき、かつ励まされつつ、どこまでも深入りしていくほかはない。

しかも真のドストエフスキーと出会ったと思えたそのとき、作家の顔は亀山さん自身の顔に入れ替わっていた――そんな奇怪なドラマもまた、本書のはしばしに垣間見《かいまみ》ることができる。心優しい亀山さんが、〈何十年も前に殺した人間の血を口にする〉などというおぞましい夢を見るにいたるまで、ドストエフスキーの暗黒は深く研究者を侵し続けた。とはいえ、亀山さんの議論の中核的な概念のひとつである「使嗾《しそう》」の語は、まさに作家と研究者のあいだにはたらく力関係そのものを指し示してもいるのではないか。つまりドストエフスキーが亀山さんを唆《そそのか》すと同時に、亀山さんもドストエフスキーを唆す。そうやって両者はたえず立場を入れ替えながら、果てることのないバトルを繰り広げているのだ。亀山さんの数々の著作は、その現場からのなまなましい報告にほかならない。

亀山さん自身が「電文調の『自伝』」と呼ぶ、独特の記述スタイルにも触れておきたい。思い浮かぶがままに断片を重ね、異なる時空を喚起しながらそこに大きな「旅」の軌跡を浮かび上がらせていく構成はシャープな面白さをはらみ、躍動感に富んでいる。持ち前の熱っぽい文体と、この軽やかな断章形式とが絶妙なハーモニーを生み出し、現代的なエッセイとしてみごとな達成をもたらしたのだ。

随所ににじむ人情味やユーモアも本書の大きな魅力である。「いつもの思い込みの激しさ」などと学生時代の自分を振り返る著者だが、それもまた、おそらく現在でも失われていない亀山さんのチャーミングな美質だろう。そんな暇はないと言われそうだが、エッセイストとしてのさらなるご活躍にも期待せずにはいられない。

（二〇一三年四月、仏文学者）

本書は二〇一〇年六月、日本経済新聞出版社より『ドストエフスキーと59の旅』として刊行され、二〇一三年六月、『偏愛記――ドストエフスキーをめぐる旅』と改題され新潮文庫として刊行された。岩波現代文庫への収録に際し、『図書』の連載(二〇二〇年八月〜二〇二一年五月)と書き下ろし十一編を加えるなど大幅に増補し、書名を変更した。

ドストエフスキーとの旅―遍歴する魂の記録

2021年10月15日　第1刷発行
2024年 5 月15日　第2刷発行

著　者　亀山郁夫《かめやまいくお》

発行者　坂本政謙

発行所　株式会社 岩波書店
〒101-8002 東京都千代田区一ツ橋 2-5-5
案内 03-5210-4000　営業部 03-5210-4111
https://www.iwanami.co.jp/

印刷・精興社　製本・中永製本

ISBN 978-4-00-602340-9　　Printed in Japan

岩波現代文庫創刊二〇年に際して

二一世紀が始まってからすでに二〇年が経とうとしています。この間のグローバル化の急激な進行は世界のあり方を大きく変えました。世界規模で経済や情報の結びつきが強まるとともに、国境を越えた人の移動は日常の光景となり、今やどこに住んでいても、私たちの暮らしは世界中の様々な出来事と無関係ではいられません。しかし、グローバル化の中で否応なくもたらされる「他者」との出会いや交流は、新たな文化や価値観だけではなく、摩擦や衝突、そしてしばしば憎悪までをも生み出しています。グローバル化にともなう副作用は、その恩恵を遥かにこえていると言わざるを得ません。

今私たちに求められているのは、国内、国外にかかわらず、異なる歴史や経験、文化を持つ「他者」と向き合い、よりよい関係を結び直してゆくための想像力、構想力ではないでしょうか。

新世紀の到来を目前にした二〇〇〇年一月に創刊された岩波現代文庫は、この二〇年を通して、哲学や歴史、経済、自然科学から、小説やエッセイ、ルポルタージュにいたるまで幅広いジャンルの書目を刊行してきました。一〇〇〇点を超える書目には、人類が直面してきた様々な課題と、試行錯誤の営みが刻まれています。読書を通した過去の「他者」との出会いから得られる知識や経験は、私たちがよりよい社会を作り上げてゆくために大きな示唆を与えてくれるはずです。

一冊の本が世界を変える大きな力を持つことを信じ、岩波現代文庫はこれからもさらなるラインナップの充実をめざしてゆきます。

（二〇二〇年一月）

岩波現代文庫［文芸］

B333
六代目圓生コレクション
寄席育ち
三遊亭圓生

圓生みずから、生い立ち、修業時代、芸談、噺家列伝などをつぶさに語る。綿密な考証も施され、資料としても貴重。〈解説〉延広真治

B334
六代目圓生コレクション
明治の寄席芸人
三遊亭圓生

圓朝、圓遊、圓喬など名人上手から、知られざる芸人まで。一六〇余名の芸と人物像を、六代目圓生がつぶさに語る。〈解説〉田中優子

B335
六代目圓生コレクション
寄席楽屋帳
三遊亭圓生

『寄席育ち』以後、昭和の名人として活躍した日々を語る。思い出の寄席歳時記や風物詩も収録。聞き手・山本進。〈解説〉京須偕充

B336
六代目圓生コレクション
寄席切絵図
三遊亭圓生

寄席が繁盛した時代の記憶を語り下ろす。各地の寄席それぞれの特徴、雰囲気、周辺の街並み、芸談などを綴る。全四巻。〈解説〉寺脇 研

B337
コブのない駱駝
—きたやまおさむ「心」の軌跡—
きたやまおさむ

ミュージシャン、作詞家、精神科医として活躍してきた著者の自伝。波乱に満ちた人生を自ら分析し、生きるヒントを説く。鴻上尚史氏との対談を収録。

2024. 5

岩波現代文庫[文芸]

B338-339
ハルコロ (1)(2)
石坂啓漫画
本多勝一原作
萱野茂監修

一人のアイヌ女性の生涯を軸に、日々の暮らしや祭り、誕生と死にまつわる文化など、アイヌの世界を生き生きと描く物語。〈解説〉本多勝一・萱野茂・中川裕

B340
ドストエフスキーとの旅 ―遍歴する魂の記録―
亀山郁夫

ドストエフスキーの「新訳」で名高い著者が、生涯にわたるドストエフスキーにまつわる体験を綴った自伝的エッセイ。〈解説〉野崎歓

B341
彼らの犯罪
樹村みのり

凄惨な強姦殺人、カルトの洗脳、家庭内暴力と息子殺し……。事件が照射する人間と社会の深淵を描いた短編漫画集。〈解説〉鈴木朋絵

B342
私の日本語雑記
中井久夫

精神科医、エッセイスト、翻訳家でもある著者の、言葉をめぐる多彩な経験を綴ったエッセイ集。独特な知的刺激に満ちた日本語論。〈解説〉小池昌代

B343
ほんとうのリーダーのみつけかた 増補版
梨木香歩

誰かの大きな声に流されることなく、自分自身で考え抜くために。選挙不正を告発した少女をめぐるエッセイを増補。〈解説〉若松英輔

2024.5